冬山の掟

新田次郎

文藝春秋

冬山の掟／目次

冬山の掟

地獄への滑降

風が稜線のあたりに起ると、急にあたりが騒然として来て、見渡すかぎりの菅平《すがだいら》の雪原が霞んで来る。風はなだらかな起伏を越えて揺動し、ところどころに飛雪を吹き上げる。飛雪を通して太陽がうすぼんやりと見える。

飛雪がゲレンデに向って吹き上げて来ると、それはすぐ雪煙りの中に埋もれ、ゲレンデに群がるスキーヤーの色とりどりの姿が雪煙りの中に解けこんで流れる。

「ジョージさん……」

と呼ぶ女の声が、雪煙りを引き裂くように横に走ると、飛雪は嘘のようにおさまり、弱い冬の太陽が、静かな光をスキー場に投げかける。

池塚俊郎は、そのジョージと呼ぶ女の声を聞くたびに、胸になにか鋭いものを突きつけられたような気がするのである。

ジョージさんと呼ばれる男は、三名の男と五名の女に、スキーを教えていた。スキーを始めたばかりの者を相手にしての、講習というようにしては、あまりにも安易な、どちらかといえば、おざなりの教え方をしているのだが、それで結構、若者たちは満足しているらしく、大股をひろげて、屁っぴり腰で、ゆるい傾斜面を全制動の姿勢で、やっとのこと滑り降りると、

「ジョージさん、どう、これでいいの」

と、すぐ傍に立っているジョージさんに甘えるような訊き方をする女に、

「立派なものだ。今度はもう少し、身体から力を抜いてね」

ジョージさんと呼ばれる男は、立派どころか、どうにも讃《ほ》めようがないほど、へたくそな女に、そんなふうなことを言い、調子をはずして、どっこいしょと、尻餅を突いた女のところへは、走って行って手を取って起してやったり、雪を払ってやったり、締め金具の具合を見てやったりするのである。全く気障《きざ》であった。

池塚俊郎は会社の友人数名と共に暮から正月を利用して、このスキー場に来ていた。リフトを利用して同じゲレンデを一日に何回となく滑り降りているうち、ふと、ジョージさんと呼ぶ声が耳についたのである。

（ジョージさん？　もしかすると、あの男ではなかろうか）

スキーがかなり上手で、女の子に親切で、そして、ジョージさんと呼ばれる男と限定すると、そう何人もジョージさんがいるとは考えられなかった。そのジョージが、麻尾譲次であるか否かをどうやって確かめようかと、池塚は考え続けていた。

風が稜線に起り、飛雪の幕が、夕陽を遮蔽すると、急に寒くなる。雪がしまって固くなり、転ぶと痛くなる。そのころになると、スキーヤーは、なにか、もの狂わしげに滑降を繰返し、冬の日いっぱいを有効に過ごそうとする。

ジョージさんと呼ばれる男の講習会は、その日の夕暮れを迎えていよいよ佳境に入ったようであった。

池塚は何気ない素振りで彼等のグループの近くに滑り降りて来ると、彼等が練習をやっているゲレンデの末端で止って、ひといき入れながら、ぼんやりと講習会の風景を見るような恰好で、彼のところに近づいて来る者を待っていた。肥った女が、不様な恰好で滑り降りて来て、彼の前で止った。

「あなたは三級ですか、四級ですか」

池塚は真面目な顔で女に訊いた。

「冗談じゃあないわ、私は初めてスキーを履《は》いてから今日で三日目よ」

女は雪眼鏡の奥で眼を輝かせながら言った。まんざらでもない顔であった。

「とても、三日目だとは見えませんね。きっとあなたはスキーの天才ですよ。それにしても、あのコーチをしている人はたいしたものですね。きっと指導員の免状を持っているんでしょうね。あの人、外国の方ですか」

「なぜ？」

「だって、みなさんがジョージさんて呼んでいるでしょう」

女は笑い出した。

「麻尾譲次さんよ、譲次は譲るという字に次という字を書くのよ」

やはり麻尾譲次であった。だが池塚は、そしらぬ顔で、

「そうですか、それは失礼しました。でも、麻尾譲次さんはプロのコーチでしょう。ぼくの会社のスキー講習会にたのみたいんだが、引き受けてくれるでしょうか」

池塚はすっとぼけて訊いた。

「プロのコーチではないわ。譲次さんは、うちの会社の人よ。でも、スキーの講習会のことなら、直接にお頼みになって見たらどうかしら。或は引き受けるかもしれませんわ」

「紹介していただけませんか。私は池塚俊郎――。染島電気製作所の人事部に務めています」

女は、池塚の顔を見た。本気で言っているかどうかを確かめているようだった。その女の眼にお願いしますと、池塚は腰を折ってたのみこんだ。

女はもどかしいほどゆっくりした足どりで斜面を登ると、明日の午後からはリフトを利用して練習しようなどと、彼を取り巻く女たちに言っている麻尾譲次のところへ行って、池塚の言葉を伝えた。

「あの人は、譲次さんを、指導員の免状を持った、プロのコーチだと思いこんでいるらしいわ。それだけではないの……ジョージさんと私たちが呼んでいるのを聞いて、外国人だと思ったんだって」

それで女たちが一度に湧いた。

「外国人だとしたら、不良外人ね」

その声でふたたびどっと湧く。

「よせよ、人聞きが悪い」

と譲次は女たちを制して置いて、その男の方へ眼をやった。ストックを腰のところで十字に組んで、頭を垂れたまま、結果を待っている池塚はなんとなく気が弱そうに見えた。

「それにしても、譲次さんはいつ指導員の免状取ったのかしら」

「ああら、あなた知らないの、今日取ったのよ、ねえ、譲次さん」

と甘えかかるような言い方をする女に、

「よせといったら」

譲次は、ややきびしい顔で言うと、女たちの囲みをすっと抜けて、池塚のところに滑り降りて来ると、

「いや、どうも」

と言った。麻尾譲次ですと自分でいうのもおかしいいし、今聞いたスキーコーチの話はなどと改まっていうのもおかしかったから、いや、どうも、となんとなくとぼけた言い方で近づいて行ったのである。

「どうもすみません」

池塚は雪眼鏡を取って頭を下げた。御手数をかけて済みませんと言ったのか、スキーコーチの大先生の前で、雪眼鏡を掛けていて済みませんと言っているのか、とにかく、たいへん恐縮していることだけは事実であった。

「スキーの講習会を開きたいんですって？」

譲次は、相手が初めっから下手《したで》に出て来ているので、別に気にかけることもなく、さらりと、目的を聞いて、その場でことわろうと思っていた。

「そうなんです。私の会社では、いままで、スキーの初心者講習会を三度やりましたが、三度とも失敗しました。あとでアンケートを取ると、全部がつまらないっていうのです。理屈が多いし、だいたい先生が威張りすぎるっていうんです。しかし、会社の方針として、やはり、スキー講習会をやるとすれば、ちゃんとした先生に基礎づけをしていただかないと、ほんとうの意味のレクリエーションの効果は出ないのだと思っています。特にうちの会社のように若い女子社員が多いところでは、きちんとするところは、きちんとしないと、けじめがつかないんです」

池塚は小さな声でつぶやくように言った。彼の言っていることは、池塚が、社員のレクリエーションを担当してはいないという点を除けば、ほとんど事実であった。

「あなたのおっしゃることはよく分ります。スキーの初心者教育ってなかなかむずかしいものです」

譲次はそこで言葉を切って、あたりを見廻してから、幾分か声を落して、

「運動神経なんて生まれたときから持ち合わせていないような女の子たちを、だましたり、すかしたりして、どうやら滑れるようにするのはたいへんなことですよ。時には、あまりばかばかしいので怒鳴りたくなることもありますが、一度でも怒鳴ったらそれでおしまいなんです」

譲次はコーチとしての腕前をちょっぴり自慢しておいて、

「なにか、ぼくにコーチを頼みたいようなお話でしたが、会社務めの身ですから、よそさまのコーチまで引き受けるってわけには参りません。残念ながら」

譲次は、はっきりとおことわりするとは言わずに、池塚の顔から視線をそらして、根《ね》子《こ》岳のほうへやった。頂上のあたりに雪煙りが上っていた。

「そうですか、よくわかりました。でもあなたほどの人がせっかくの休日を会社への奉仕で丸々つぶしてしまうのはもったいないですね」

池塚も、視線を根子岳の方へ延ばした。

「まあね。好きだから、あきらめています。しかし一応の講習会が終ったあとの一日は、ツアーを楽しむことにしています」

「ツアーをね」

譲次は根子岳に投げた眼はそらさずに、

「ツアーというほど大げさのものではないが、根子岳へ登ろうかと思っています」

「あの人たちをお連れになって？」

池塚が、その辺を勝手に滑っている女の子たちに眼をやりながら言うと、

「冗談じゃあない。あんな連中を連れて行けるものですか。一日で根子岳往復というと、かなりの体力と技術がないと……」

「そうでしょうね。私も、できたら、お供をしたいのですが、駄目でしょうか」

池塚は、一歩前に出て、二度ほど、頭を下げた。

譲次はそのときになって、はじめて、池塚に警戒するような眼を投げた。譲次は池塚の帽子からスキーにいたるまで、品定めを充分にやって、その服装が、別に変ったものでも、凝ったものでもなく、かなり使い古したスキー靴やスキーであるのを見て、この男は表面はいやに下手に出ているが、案外やるんじゃあないかと思った。スキーにはかなり自信があるのに、へんにもったいぶる男がいた。そういう奴に限って、なにか特別の場合にこれ見よがしに、自分の腕を披露して見せるものである。つき合いにくい相手

であった。

「スキーはもう古くから？」

譲次が訊《たず》ねた。

「いえどういたしまして。この間やっと、二級をいただいたところです。二級では無理でしょうか」

池塚は、この場合も一級の腕前を二級だとわざと落して言った。

「無理ってことはないですよ。要するに、ロングウォーキングですからね」

ウォーキングのウォーを思いきり長く引っ張っていうあたりの譲次の気障っぽさは耐えがたいものがあったが、池塚は我慢した。

「それではぜひお願いします。途中まで行って、望みがないと思ったら、帰れと言って下さい。私はお言葉どおりにいたしますから、お願いします。ぼくは、いつか根子岳へ登るチャンスがあると思っていました。とうとう、そのチャンスに巡り合った。それであなたが、根子岳へ登るのは、何時でしょうか」

「明後日ですが……」

が、と後は、はっきり決めずに譲次は池塚の顔を見ていた。へんな男だよこいつは、この執拗さはどうだろう。なぜ、こんなにべったりついて来ようとしたがるのであろうか。漠然とした不安が譲次の心の中にあったが、さりとて譲次は、その場で池塚を拒絶しようとはしなかった。

根子岳の頂に夕陽がさしかけて、雪面が輝いていた。夕暮れに近くなるに従って風はおさまったようであった。


その夜池塚は、なかなか眠れなかった。眠ろうとすると、昼間ゲレンデで聞いたジョージという女の声が耳の奥から聞えて来るのである。譲次ではなく、その声はジョージであった。頭の中にはっきりとジョージと片仮名文字が浮び上って来るのである。それは既に、彼の頭の中にしみついて取れなくなっている固有名詞でもあった。

六畳間に五人の男が寝ていた。隣の部屋では電灯をつけているらしく、襖の隙間からさしこんで来る光で、炬燵《こたつ》を囲むように寝ている男たちの寝顔が薄ぼんやりと見えていた。昼間の疲れで寝苦しいのか、それとも炬燵が熱すぎるのか、大きな音を立てて寝返りを打つ者がいた。誰かが、意味の通じない寝言を言うと、それに誘われるように、なにかつぶやく者がいた。

ジョージという名を妻の伊都子が口にしたのは、結婚して二月ほど経ったときであった。池塚が明け方近くに便所に立って、寝床に戻ったとき、伊都子がそう言ったのだ。池塚は、それを意味をなさない伊都子の寝言だとしていた。いつの間にか忘れてしまうようなささいなできごとであった。しかし、池塚は、それから間もなくその名を再び伊都子の口から聞いたのであった。池塚は、彼の胸の中にいた伊都子が恍惚の頂点で、ジョージ、ジョージと連呼したとき、それは意味のない寝言ではなく、明らかに、彼女とその行為をしている対象の男を呼ぶ声であると思った。怒りと失望と伊都子の背信に対して池塚はなにをしていいかしばらくは自分自身が分らなかった。彼はシャワーを浴びて、着替えをして部屋に戻ると、未だに恍惚の沼の中に沈んだままの伊都子に背を向けて寝た。眠れない一夜であった。しかし、池塚は、そのとき直ちに、ジョージとは何者かを問い質さなかった。彼女が恍惚の絶頂において発したジョージという外国人のような名前が、彼女がファンの一人でしかなかった映画俳優の名前だったらと考えたり、ジョージというのは特定の男性ではなく、外国人が、女性の象徴を小猫と呼んだり、男性の象徴を、もっともありふれた男性名前で呼んだりする翻訳小説のひとこまを、伊都子が、なにかの理由で使っているのではないかと考えたりした。それはなんとかして、伊都子を弁護しようとする彼の心の中から出て来るものであった。彼は正面切って、彼女が無意識に発したジョージという言葉がなんであるかを彼女に追及した結果、伊都子との結婚生活が終わりになることを恐れていた。伊都子の口からは訊かないで、彼自身の力によって、その秘密を明らかにしようとしたところに、悲劇は潜在していた。

池塚はジョージという言葉を聞いて以来、避妊を実施した。子供が欲しいと伊都子が言っても、まだはやいと彼は言った。おれの月給では無理だとも言った。

池塚は会社の人事部にいた。身元調査をすることには馴れていた。伊都子と知り合って、いよいよ結婚する前には、彼の会社に出入りしている調査機関に頼んで、伊都子の身元の調査をした。悪い結果は一つも出ていなかった。もし欠点が一つや二つあっても結婚しようと思っていたから、彼は良い結果が出たことを喜んでいた。新婚旅行の夜、彼女は処女であることを誇り、彼は彼女の前で既に童貞ではないことを詫びた。男の人ってしようがないのね。伊都子は、池塚が童貞でなかったことを責めはしなかった。そのときの伊都子の、なにか、白々しい顔が思い出された。池塚は、彼の会社とは関係のない調査機関に変名で調査を依頼して、彼女の素行調査をした。

「どれほどの関係があったかは、つまびらかではないが、当人は、勤め先の麻尾譲次と親しくしていたことは事実であり、その麻尾譲次との交際が遠のいてから間もなく、池塚俊郎と恋愛関係になり、その秋、結婚して現在に至っている」

池塚は、その調査の結果に出ている麻尾譲次こそ、妻の伊都子が口にするジョージであることに間違いないとみた。池塚は、今度はその麻尾譲次についての素行調査を行った。

「麻尾譲次と肉体関係を持った女はかなりいるらしく、会社では彼にスキーのコーチを受けた女の多くはセックスのコーチも受けているなどと陰口をたたく者があるくらいで、彼の女性関係はかなり多いようである。特に彼と関係があったと噂されている女は

「……」

報告書は、そこで次の頁に移っていた。池塚は眼をつぶって頁を繰った。そこに三人の女性の名前があり、その最後に伊都子の名前があった。

「やはりそうだったのか」

池塚は深い溜息をついた。たとえ純潔を失った女であっても、その多くは結婚するときには、処女だと白ばっくれるだろう。男の方は、それを疑わしいと思っても、強いてそれを追及せず、純潔だったと思いこもうとするだろう。それでいいのだ。夫にしても妻にしても結婚前の行為に口出しをすることはできないのだ。

伊都子が結婚前に、麻尾譲次と関係があったとしても、そんなことにいまさら触れるべきではなかった。しかし、今の場合、問題は別だった。結婚してそろそろ一年にもなろうというのに、彼女の中には、依然としてジョージがいることだった。たとえ彼女が自失状態で口に出す言葉であっても、許すことはできなかった。その瞬間には、池塚ではなく、ジョージが彼女の中に入りこんでいるのだ。

池塚俊郎は三十番コースの登り口の北信牧場事務所の横で麻尾譲次等の一行を待った。八時ころというのが九時になってもまだ姿を見せない。空模様がよくないから取り止めになったのかもしれない。池塚は時計ばかり見ていた。

空は曇っていて、いまにも降り出しそうな空模様だった。ときどき風が、降り積ったばかりの雪を吹き払っていた。きのうの夕刻から降り出した雪は今朝方止んだ。もう晴れてもいいのだが、空模様はけっしていいほうではなかった。宿を出るとき、こういう愚図ついた天気は、冬には珍しいことだと宿の主人が言った言葉を池塚は思い浮べていた。

麻尾譲次等は来るだろうか。ほんとうは来ても来なくてもどっちでもいいことなのだ。譲次と一緒に根子岳へ登ったとして、なにが得られるのだ。伊都子との過去を掘り出したところでなにになるのだろうか。そのように自分に言い聞かせても、池塚は、譲次が現われることをしきりに願っていた。

（譲次の奴に一泡吹かせてやりたい）

という気持は確かにあった。女の子たちにかこまれて、気障なスキーコーチをしていた譲次のスキーの腕は、指導員どころか、一級にもあぶないものだ。どのくらいの腕前かは、一緒にツアーをやって見ればわかることだ。しかし、よくよく考えてみると、譲次と腕くらべをしようなどという子供じみた考えで、彼の前で頭を下げて同行を願ったのではなく、もっと奥深いものがあった筈だ。池塚は、それをうまく表現できなかった。具体的にその目的を自分自身に説明することができなかった。とにかく麻尾譲次だとはっきり分ったときに、突然、彼の身辺に接触してみたかったのだ。スキーツアーという絶好のチャンスを利用して、彼に近づくことが、いま池塚の胸の中にたまっているものを一度に処理する、なにかしらのきっかけになることは確実のような気がしたから、同行を願ったのだ。

(要するにおれは譲次を知りたいのだ。譲次を深く知ることによって、ジョージを口にする伊都子に対しての自分の立場が決るのだ。このまま結婚生活を続けるか、それとも別れるか……)

池塚は、三人を引連れて登って来る譲次の姿を見かけると、遠くからストックを上げて合図し、近づいたところで、丁寧に頭を下げて、お願いしますと言った。

譲次が連れて来た三人の男たちは、北信牧場事務所の横で、スキーにシールを取りつけるときからして、もたついていた。だいたい、シールのつけ方も知らないのだから話にならなかった。それでも、若いから元気だけはあった。牧柵に沿って登り出すと、歌を歌ったり、しゃべったりして、まるで、スキーを履いてのハイキング気取りで登り出したのはいいが、途中で、その三人のうちの一人が水筒の水を飲んでからというものは、つぎつぎと三人は水を飲み、汗をかき、また水を飲むという、登山にとって、まずだいいちにしてはならないことを繰返しているのだから、疲労のしかたもはやかった。

牧柵には番号札がついている。北信牧場事務所の傍にある三十番の番号札から始まって、登るにつれて番号札の数が減っていく。それを楽しみながら登っていくうちに、十八番で霧になり、十七番で雪が降り出し、十六番で風が出るというふうに、だんだん荒れ模様になって来ると、それまで、はしゃいでいた男たちの間に声が無くなり、防風衣《ウインドヤッケ》を頭からかぶって、大吹雪にでも遭遇したように、大丈夫ですか、大丈夫ですかと、先頭を行く譲次に訊くのである。最後尾を歩いて行く池塚は、おそらくこの若い人達は十番まで行かないうちに顎を出すだろう、と思っていた。それにしても、リーダーの譲次が、さっぱりリーダーらしいところを見せないのが、へんだった。リーダーなら、水を飲むなとか、しゃべるな、ぐらいのことを言ってもよさそうだと思っていた。

三人の歩調はきわ立って遅くなった。三人が寄り合って話し合っていることがあった。雪が降り始めると、それがスキーについて、スキーの裏に団子ができた。シールの張り方が悪いので、シールとスキーの間に雪が入ったり、シールそのものがはずれたりすることもある。そういう、事故とまではいかない事故が起ると、池塚は進んで手助けをしてやった。そういうことを繰返しているかぎりでは、やがて彼等が音を上げることは明らかだった。池塚はその時点を彼等の水筒がからっぽになったときと見ていた。

「譲次さん、ぼくらは引返そうと思うんです。とてもだめなんです」

十二番を過ぎたところで、彼等はとうとう頂上行きをあきらめた。

「そうか。この吹雪だし、きみ等は初めてだし、自信がないなら降りたほうがいいだろう。昼食《めし》をすませたら降りるんだな。牧柵に伝わって降りるかぎり大丈夫だ。牧柵から離れたらひどい目に会うぞ」

譲次は三人にそのことを何度も念を押しながらルックザックから弁当の餅を出して、食べ始めた。

「譲次さんはどうするんです」

三人のうちの一人が訊いた。

「おれか、おれは登るよ。頂上を眼の前にして引返すっていう手はないからね」

譲次は三人に向って言ってから、池塚に、どうするかを訊いた。池塚はルックザックを尻の下に敷いてパンをかじっていた。

「お供をさせていただきます」

池塚は、言葉に力をこめて言った。

「あなたは、根子岳は初めてだと言っていましたね」

「初めてというわけでもないですけれど、初めてと同じようなものです」

池塚は妙な答え方をした。ごまかしであった。池塚は、スキーを履いて、この根子岳へ三回も登頂した経験があった。その経験をかくそうとしているのではなく、譲次の前ではなるべく自分を小さく見せたほうがいいと考えて、そう言ったのであった。

「では行けるところまで行きますか」

譲次がそう言ったとき、そこに二人のパーティーが成立した。

池塚は譲次のシュプールを踏みながらゆっくり登っていった。頂上に近づくほど雪が深くなった。

吹雪がはげしくなった。

「ぼくがトップをやりましょう」

池塚が譲次にかわって前に出た。

新雪の中のラッセルは容易なことではなかった。雪の中にもぐったスキーを引き出すのには骨が折れた。池塚はトップを歩きながら、彼の後に続く譲次が思案を始めたことを、なんとなく察知した。譲次は遅れがちだった。ぴったりと池塚のあとに従《つ》いては来られずに、時々立止ることは思案している証左であり、そろそろ疲れて来ている証拠でもあった。そのうちきっと、うしろから声を掛けて来るだろうと思った。吹雪になったから、頂上をあきらめて引返そうと言うに違いない。池塚は、そのことはもうはじめっから計算の中に入っていたことのような気がした。

(そうさせないためには、相手に隙を見せないことだ)

池塚はそう思った。池塚自身が、少しでも、もたついたら、背後から声が掛って来るのだ。彼は、譲次との間に一定間隔を置いて着実な足取りで頂上に向っていた。

「ちょっと待ってくれよ池塚さん」

とうとう譲次から声がかかって来た。池塚は足を止めた。

「ひどい吹雪じゃあないか。ここまで来れば頂上に着いたようなものだから——」

引返そうというのを、池塚は、そうは言わせず、

「そこが頂上ですよ。ほら、その辺にブッシュがあるでしょう。頂上まで、あと二十分ぐらいでしょうね」

実際は、その倍はあると思ったが、池塚はそう言った。そのときはもう歩き出していた。譲次はそのあとをあえぐように追った。

池塚は、二人のパーティーのリーダーを意識していた。自分がリーダーとなって、これからどうするかというはっきりした方針はまだ決ってはいなかった。

頂上に近くなると、新雪が風に吹きとばされてクラストした雪面が出て来る。吹雪は渦の中に二人を巻きこもうとした。

霧の切れ間に頂上が見えた。二人は顔を見合わせて、一気に頂上をめざした。

池塚は頂上に達することだけを考えていた。それからどうしようかなどということを考える余裕はなく、リーダーとして、先に立って歩いているという意識だけが先行していた。それまでは、絶えず譲次とジョージと伊都子の三人の顔が交互に浮び上っていたのに、それらの顔は吹雪にかき消されていた。

二人は頂上に立ったが、そこに長く滞在していることはできなかった。風が、防風衣を通して、彼等の体温を奪った。

彼等はひとことも言わずに、シールをはずして、それをルックザックに入れた。池塚は時計を見た。一時十三分。出発が遅かったのだ。大体、冬山のツアーをやろうというのに、九時ごろになってのこのこやって来た四人が悪いのだ。午後になると風が強くなることぐらい知らなかったのだろうか、などと池塚は怒っては見たものの、根子岳頂上で午後一時という時間は、そう遅い時間ではないし、この強い風も少し下に降りれば弱くなることは分っていた。問題は霧だった。

池塚は、ルックザックを背負い、滑降の姿勢に入ろうとしていた。

(これからが、腕の見せどころであり、見どころだ)

と思いながら、譲次の方を見ると、譲次も池塚と同じことを考えているらしく、ルックザックを背負い、スキーの先を揃え、ストックをかまえて今にも滑り出しそうな恰好をしていた。

池塚は、譲次のきちんと揃えたスキーの先を見た。その先はダボスコースに向っていた。

まさかと思ったことが現実となったので、池塚はかえってあわてた。池塚は、登って来る途中で、この霧では、頂上を通って、ダボスに向って滑り降りることは無理だから、頂上に着いたら、百八十度キックターンして、三十番コースを滑り降りようと考えていた。まさか、譲次が、そのダボスコースを狙うなどとは思ってもいないことだった。しかし現実に、彼のスキーは、二人が登って来たシュプールに対して、数十度の角度を以て内側に向いているのであった。つまり彼は、根子岳ツアーコースをフルに飛ばそうという意志を示したのである。登って来たところをまた降りるなどという、やぼったいことはしたくないという彼の腹が、そこにちゃんと現われていた。

（おいどうだ。君は登りは強い。が、滑降はどうだ。ことわっておくが、スキーは滑降することだ）

譲次は池塚に挑戦しているように見えた。

（やろうじゃないか。ダボスコースへ向って滑り降りようじゃあないか。しかしこの濃霧だ、ダボスコースに出るまでが大変だ。下手をして根子岳沢に落ちこんだら、えらいことになる。リーダーはやはり、おれでないと危い。おれは、霧の中を降りた経験があるのだ）

池塚は譲次に、そう言ってやろうと思っていた。少くとも、彼が、そのことについてなにか言ったならば、地図と磁石を出して、コースについての相談に乗ってやろうと思っていた。

譲次が滑り出した。ぴょんと一飛び、ジャンプしてから滑降姿勢に移ったのだ。

（気障な奴だ）

池塚はそう思った。そのとき池塚は、譲次にコースのことを話してやろうという気は無くなっていた。或は譲次の方が、くわしいかもしれない。池塚は譲次の後に従った。頂上付近の雪は少なかったから、滑り出しはよかったが、少し滑ると、スキーは新雪の中にのめりこんでしまって、その雪藪から出るのに一苦労することがあった。

譲次はそんなときでも、すぐ起き上って、背後から来る池塚に、ストックを上げて、滑降のコースを示すだけの余裕を見せていた。

譲次の滑降技術はまあまあだった。ゲレンデで見せた腕前では想像されなかった、経験的な技法が、彼の滑降の中に覗いていた。吹きさらしの雪板に乗ったときのエッジの使い方などは確かに上手だった。

(これは驚いた。この調子だと、おれのほうが置き去りにされるぞ)

池塚はそう思った。

譲次のスキーの方向が内側に寄った。

(ははあ、彼は中央コースを滑り降りるつもりだな)

池塚は思った。

根子岳の頂上に向って、滑降コースは右から三十番コース、中央コース、ダボスコースの三本があった。

中央コースは、晴れたとき以外に滑降することは危険だった。中央コースの両側が深い沢になっていた。だから、登るときには、三十番の牧柵に沿って登り、霧が出て、見通しが悪ければ、三十番コースを戻るか、頂上を北に向って横切って、ダボスコースに出るかどちらかであった。霧が出ているのに中央コースを滑降するなどということはもともと無茶なことであった。

池塚は、譲次に注意しようとした。何度かそうしようと思ったが、ついに、池塚はそのことを口に出さなかった。ブッシュの生え方と、傾斜角度で、中央コースより、やや北側によった沢に向っていることを知りながら黙っていた。

(見てやるのだ、どうするか)

池塚は傍観の態度を崩さなかった。

譲次の姿が突然、霧の中に消えた。彼は沢に向って急斜面を滑り降りて行ったのだ。そのまましばらくはなにも聞えなかった。池塚はそのまま滑降するのを止めて、沢をかわして、その周辺を注意深く降りて行くと、譲次の呼び声が沢の方から聞えた。

(やったな)

池塚はそう思った。沢に落ちこんだのだ。あそこに落ちたら容易には上れないのだ。おうい、と呼ぶ譲次の声から、彼が落ちこんだ場所は大体わかった。狭い沢の底の吹きだまりに落ちこんだら、深い淵の中に落ちこんだと同じようなものだ。雪にもぐったスキーを靴からはずすことだって容易ではないし、そのスキーを雪の中から掘り出すのも一苦労だ。それから、その雪の淵から泳ぎ出るのが、またものすごく神経が疲れることなのだ。

おうい、と呼ぶ声がまた聞えた。

池塚は、口のところに手を当てて、おういと返事をしようかと思ったが止めた。落ちこんだところは分っているのだ。なにもじたばた騒ぐことはない。おうい、と呼ぶのは、驚いたことと、彼の身が安全だったことを、池塚に知らせるつもりだろう。それなら、わざわざ返事をすることもないのだ。池塚は黙っていた。

「ざまを見ろ、いい気になりゃあがって」

池塚は笑った。愉快だった。女の子たちにジョージさんなんて言われて、やにさがっていた彼が、根子岳沢に落ちこんで、雪の中で、あっぷあっぷしているのだ。あんな奴は雪に溺れてしまえばいいのだ。そのとき池塚はジョージと呼ぶ伊都子の声を聞いたような気がした。彼女がそれを口にするときは眼を閉じていた。彼女ではない彼女が恍惚の海の中を泳ぎながら、突然発するジョージは、ほとんど生理的に発せられる呼吸のような響きを持っていた。

池塚は、首を振りながら、いま彼の頭の中で聞えた声を振り落そうとした。彼の顔が暗く沈んだ。霧が周囲を閉ざした。

「池塚さあん……」

譲次の声が聞えた。絶叫に近かった。悲痛な叫び声に聞えた。救援を待つ声のようでもあった。

池塚は、声のほうにちょっと顔を向けただけだった。

「まあ、ゆっくり出て来るんだな、ゆっくりと」

池塚は憎々しげにそういうと、声のする方向とは反対の方向へ歩き出した。吹雪はいよいよ激しくなった。彼は歩きながら、そのあとどうするかを考えていた。

(頂上を出たときは一緒だったが、滑り出して、すぐ二人ははぐれてしまった)

それだけ言えばいいのだ。実際にはぐれてしまったのだ。嘘ではない。奴が勝手におれを棄てて、中央コースに向って滑降して行ったのではないか。

池塚は危険地帯からずっと北に向って移動してから、下向の姿勢を取ったが、吹雪と新雪のために、スキーは思うように走らなかった。かなり下ったところで、牧柵を探したが見当らなかった。ダボスコース側の牧柵は、根子岳の七合目あたりまでは延びているわけだった。感じとしてはとうに七合目を過ぎていた。

「牧柵に行き当らないとすると、もしや」

彼は胸の動悸《どうき》を押えながら、地図と磁石を出して見た。現在位置が分らないのだから、これからどう動いていいか決心がつかなかったが、考えられる最悪の場合は、ダボスコースの牧柵より更に北に迷い出てはいないかということであった。もしそうだとすると、そのまま下降すれば大谷不動の渓谷へ迷いこむことになる。生きては帰れないかもしれない。彼はそれ以上下降することはやめて、南西の方向に歩き出した。その方向を正しく守るならば、必ず牧柵のどれかに行き当る筈だった。牧柵に突き当ったら、それに沿って降りたらいいのだ。時計は午後三時を指していた。

池塚は吹雪の中を歩き続けた。頭の中に地図はちゃんと開かれているし、足は南西の方向に歩き続けているつもりだが、事実はそのとおりにはいかず、時々磁石で方向を決めても、歩き出すと、すぐ、歩きいい斜面を下るようなことになり、日没近くなっても、終に牧柵を発見することはできなかった。

池塚はあせった。夜になっても牧柵が発見されないとなると、吹雪の中に行き倒れることになるかもしれない。生きるためには、むしろここらあたりに雪洞を掘って一夜を明かす工夫をしたほうがいいのではないかと考えるのだが、もう少し、もう少しという気持におされて、歩き続けた。

譲次がどうなったか、そんなことを考える余裕はなかった。彼は、ともすれば、そのまま腰をおろしてひと眠りしたいのを我慢して歩き続けた。昼食を食べてから以後なにものも口にしていなかったが、空腹感はなかった。咽喉がかわくと雪を口に入れた。池塚は霧の中に牧柵を発見したとき、もしや、幻視ではないかと思った。それまでも、雪の中に出ているブッシュやシシウドの枯れ木などを牧柵と見違えたこともあった。しかし、彼が見たのは間違いなく牧柵であった。牧柵というよりも牧堤であった。堤とも塀ともつかない、その牧堤は延々と続いていた。

「とうとうおれは勝ったぞ」

池塚は、勝ったぞと口にしたとき、池塚さんと悲痛な声を上げた譲次のことを思い出した。彼はどうしたろうか。根子岳沢に入りこんだら、容易には出られない。この吹雪の中であそこに落ちこんだら、雪洞を掘って、朝まで待つしか生きる手段はないのだが、そのことを彼は知っているだろうか。いや、案外たやすく抜け出して、いまごろは菅平の宿でぬくぬくとしているかもしれない。そう考えるとそのようにも思われた。

暗くなった。池塚は、ただ歩くだけだった。牧堤から離れないように、懐中電灯でそれを確かめながら降りていった。ときどき滑って転んだ。転ぶとなかなか起き上れなかった。なにか、身体中の感覚が薄れていくようであった。スキーを履いて、ごそごそと雪の中を麓に向って歩いているのに、なにか頂上に向って歩いているような錯覚におちいることがあった。スキーを履いているのに滑って降りることができないのを、こんな筈はない、こんな筈はないと、しきりに不思議がることがあった。歩きにくいのはスキーを履いているからだ。スキーを脱いだら、すたすたと雪の斜面を歩いて行けるのにと、ばかげたことを考えることもあった。

池塚の足にはスキーはやり切れないほど重かった。もう少し、もう少し、と心で号令を掛けても、いつかその号令が遠くなり、はっと気がつくと、雪の中に突立っていたり、牧堤に寄りかかったりしていた。

「菅平の雪がこんなに深い筈はない」

彼は牧堤のすぐ傍の吹き溜りを歩いていることも忘れていた。牧堤を見失わない程度に離れて、足場のいいところを降りるという知恵はなくなっていた。

スキーだから滑ることがある。尻餅をついたまま一休みしているうちに、つい、うとうとして、激しい寒さにはっと自分を取戻すことがあった。なにもかも、彼の頭の中からかすれていった。歩くという動作を反射的に繰返しているだけだった。時折、人の声を聞いたり、灯を見たりしたが、それらはすぐ彼の視界から去った。

池塚は、何度目かの人の声を聞いた。灯を見た。吹雪が次第におさまって来たなと感じた。吹雪が止んで、夜が明けかけたのだとも思った。池塚は、その人の声の方に近づいて行こうとして転んだ。激しく身体を打ったので、やや頭がはっきりした。彼は灯をはっきりと見た。彼はその灯に向って彼の懐中電灯を振った。

灯が波のようにおしよせて来て、彼を包んだ声が津波のように彼にかぶさりかかった。彼は助かったと思った瞬間、がっくりと首を垂れた。熱い紅茶が与えられた。彼は、その熱くて甘い液体をむさぼるように飲んだ。

「もう一人はどこにいる」

彼の耳元で誰かが言った。

「途中ではぐれてしまった」

池塚はやっとそれだけ言った。

「どこではぐれてしまったのだ」

「頂上を出てすぐだ。霧の中へ、霧、霧……霧……」

霧の中へ彼は突込んで行ったと言いたかったが言えなかった。

「この吹雪じゃあ、はぐれてしまうのは当り前だ」

そういう声がした。それからは、うるさく訊く者はいなかった。池塚は橇《そり》に乗せられて宿に帰った。そのころになって、彼は、はっきりと意識を取り戻していた。

「頂上を出てしばらくは一緒だったが、吹雪と霧の中で、二人ははぐれてしまった」

池塚は、はっきり言った。

麻尾譲次の本格的捜索は夜明けと共に行われた。何班かの救助隊が根子岳に向った。根子岳はくっきりと、その秀麗な姿を見せていた。

麻尾譲次は凍死体となって、根子岳沢で発見された。彼は足を骨折していた。おそらく、沢に落ちこんだとき、そうなったのだろうと想像された。譲次は、重傷にもかかわらず、そこから脱出しようとしたらしかった。そして、いよいよ夜を眼の前にして雪洞を掘りにかかったものと推察された。雪洞は彼の身体を守るには、あまりにも浅かった。雪洞は彼の墓場となった。彼は雪に覆われて死んでいた。

根子岳の遭難が新聞紙上に発表されたとき、伊都子は大阪の実家に帰っていた。麻尾譲次が死に、夫の池塚俊郎が救助されたという新聞記事を暗い顔で見詰めていた。

伊都子は、すぐ東京のアパートに帰って、間もなく帰って来るだろう夫を待った。池塚が上野駅に着く時間を電報で知らせて来たが、彼女は迎えに行く気がしなかった。彼女は、夫と譲次の間になにかあったことを感じ取っていた。

伊都子は譲次とは綺麗に別れたつもりだった。女たらしの譲次とつき合っている危険性を悟って、自ら身を退いたのである。池塚俊郎を知ったからでもあった。彼女は池塚を愛していた。譲次のことなど思い出すことはなかった。過去の遊びは遊びであった。彼女は、そうはっきりと割り切ることのできる現代の女性であった。

「考えてみるとおかしなことがあったわ」

彼女は部屋の中でひとりでつぶやいた。結婚したらすぐ子供を欲しいと言っていた彼が結婚して三月《みつき》ほど経った或る日突然、子供は当分欲しくないと言ったことだ。

「そうだ、あのころからだわ」

そのころから彼のあのときの様子が変った。彼は激しく彼女を責めた。なにか彼女が悪いことをして、その行為を責めるかのように荒々しく彼女の身体を扱った。そしていつでも、彼女が恍惚の海から甦えったときに彼はそこには居ないのだ。それが彼の性格だと彼女は思っていた。しかし、いまから考えると、それまでの彼は、そんなことはし

なかった。最後まで彼女を見守ることを忘れなかった。彼女に、喜びを教えた譲次が、彼女が、自分を取り戻したときに、

(もう一度ジョージと言ってごらん)

と彼女に言ったことをふと思い出した。

(ジョージと言ったの、恥しいわ)

彼女は、譲次が死んだ今になって、なぜそんな過去のことを思い出したのだろうかと思った。

そして突然、彼女は叫び声を上げた。

「もしかしたら、私は、無意識の間に、ジョージと……」

それは池塚に聞いてみるしかないことだったが、彼女が絶頂にいるとき、なにかを叫んだなという記憶は、それが終ったあとでも残っていた。

(わたし、なにか言わなかったかしら)

と池塚に聞いたこともあった。しかし彼はいつでも黙ったまま首を横に振った。そっぽを向いたままのこともあった。そのときの池塚の姿勢は、なにかにこだわっている姿勢だった。

彼女は次第に青ざめていった。もし過去の秘密を池塚が知った結果、なにかが起ったとしたら、どうしよう。彼女は居たたまれぬ気持であった。部屋の中をぐるぐる廻って

いるうち、彼女は、もしかしたら、池塚のメモに、そんなことが書いてはないだろうかと思った。彼は日記ともメモともつかないものをつけていた。メモはすぐ見つかったが、それらしいことは書いてなかった。とうとう彼女は彼の手提カバンの中から、麻尾譲次と伊都子自身の身元調査書を発見した。彼女は、これですべては終ったと思った。

彼女は、一時間も二時間もじっとしていた。

池塚俊郎は出ていくときと同じような元気な姿で帰って来た。

「なんだ、暗いじゃあないか。電灯もつけないで」

池塚が最初に言った言葉はそれだった。池塚は電灯をつけた。

「心配を掛けたな」

彼は荷物の取り片づけを手伝おうともしないで、じっと彼の顔を見詰めている伊都子に、そのときになって気がついたようだった。

「どうしたのだ伊都子、おれはこうして無事戻って来たじゃあないか」

しかし伊都子は眼瞬《まばた》きもせずに池塚の顔を見詰めていた。池塚の顔に明らかに動揺が起った。彼はきょろきょろと部屋の中を見廻したり、ルックザックの置き場所を変えたりしたあとで、いきなり、指先の繃帯《ほうたい》を解いて、凍傷を彼女に見せようとした。

「あなたが麻尾譲次さんを殺したのね」

伊都子の唇からつめたい低い声が洩れた。

「殺した？　なぜそんなことを言うのだ。新聞にも書いてあるとおり、吹雪と霧の中で、二人ははぐれてしまったのだ」

「骨折して動けなくなった相手を捨てて来るなんて、軽蔑すべき人だわ。たとえ、そうなるまでの原因がなんであろうとも、殺すなんて卑劣だわ。人間として最低だわ。私にその原因があったなら、なぜ私に言って下さらなかったの」

「伊都子、なにを言うのだ。お前の言うことは分らない。おれは麻尾譲次という人にははじめて、菅平で会ったのだ。スキーのことで、二こと三こと話しただけだ。彼が死んでから、お前が結婚前に務めていた会社の人だったということを初めて知ったのだ。おれとは、なんの関係もない男をなぜ、おれが殺さなければならないのだ」

伊都子の顔が引きつったようになった。極度に緊張したからそういう顔になったのだ。歪んだようにも見えた。彼女の眼に光るものが見えた。

「やはり、あなたはジョージさんを殺したのね。殺さないで、偶然あのようなことになったとしたら、あなたは、私に、嘘を言うことはないでしょう」

彼女は、彼女のハンドバッグに収めてあった、二通の調査書を、池塚の眼の前に突き出して、更につけ加えた。

「なにもかも終ったわ。わたしは人殺しと一生暮らすなんてまっぴらよ」

彼女は、オーバーをかかえこむと、突立っている池塚の傍をすり抜けるようにして外へ出て行った。池塚は、彼女の後を追わなかった。彼は廊下に出て、窓に立って、やがてアパートの外へ出る伊都子を待っていた。

伊都子は涙を拭きながら出て行った。きっと振り向くだろうと思ったが、ついに一度も振りかえらずに、伊都子は視界の外に去った。

池塚は、伊都子の体臭が残っている部屋に入ったとき、伊都子はもう戻っては来ないと思った。池塚は、そこに坐りこんだ。やっぱりおれが譲次を殺したのだろうか、ともう一度考えようとした。

「死んだのはジョージ一人ではない。伊都子のいないおれはやはり、死んだ人間と同じようなものだ」

彼は頭をかかえこんだまま動かなくなった。彼は地獄へ向って滑降を続けていた。暗い暗い地獄には物音はなかった。

霧の中で灯が揺れた

1

淳子は眠れなかった。

眠れないのは疲労しすぎたせいだ、とわかっていた。山へ来ると、ときどきこういうことがあった。あせってはいけない、眠ろうとすればするほど、かえって眼が冴えてくるから、こんなときは、愚にもつかないことを考えていればいつかは眠れるのだ。ところが、その愚にもつかないことがさっぱり頭には浮かばず、眼を閉じると、A班の角崎《つのざき》たち一行のことが眼に浮かぶのである。

(あの人たちは今朝、常念《じようねん》岳を出発したのだろうか。出発したとしても、あの風雨に会って引っ返したにちがいない)

そう考えても、なにか角崎たち四人が、この深い霧の中を歩いているような気がしてならなかった。

（常念岳から蝶ケ岳までは三時間半か、せいぜい四時間もみていれば大丈夫だが、今日のような嵐の日には、どのくらい時間がかかるかわからない）

いや、時間がかかってはいけないのだ。嵐になったといっても夏山のことだから、歩き出せば、いくらなんでも六時間もあれば、この蝶ケ岳ヒュッテに着く。着かねばならない。

日＼班別	A班（リーダー　角崎）	B班（リーダー　淳子）
第一日（夜行）	東京―松本	東京―松本
第二日（土）	松本―須佐渡《すさど》―常念小屋	松本―上高地―大滝小屋
第三日（日）	常念小屋―大滝小屋	大滝小屋―常念小屋
第四日（月）	大滝小屋―上高地―東京	常念小屋―須佐渡―東京

（着いていないということは、彼等は常念小屋を出発していないからなのだ）

そして淳子は、あらためて、今度の山行計画を頭に思い浮かべてみた。今日は、東京を出て三日目である。この日、両班は、蝶ケ岳から常念岳へかけての稜線ですれ違うことになっていた。天気がよければ、穂高岳連峰から槍ケ岳へかけてのすばらしい景色を見ながら、A班とB班のすれ違い交歓会が、稜線上でなされることになっていた。

　ところが、まだ当分続くはずの天気が、今朝になって崩れて風雨になったのである。大滝小屋から蝶ケ岳まで来たものの、それから常念岳まではとても無理とみて、淳子たち一行四名は蝶ケ岳ヒュッテに泊まったのである。

　淳子の会社は、隔週土曜休日制をとっていた。それに、六月の第三月曜日がちょうど会社の創立記念日で休みだから、三日間の連休が得られたのである。寝袋（シュラーフザック）の中の身体がひどく窮屈だった。寝返りを打つにも、寝袋と一緒だし、足を曲げるにしてもいちいち、寝袋が邪魔になる。チャックを、咽喉《のど》のところまで引き上げていると、ぽかぽかするほど身体中が暖かいけれど、なんだか呼吸《いき》苦しいような気がして、ついチャックを胸まで下げると、すぐそのあたりから、つめたい風が入って来る。夏山に寝袋を持って来たのは、彼女ばかりではない。

　彼女の真似をして、今度の山行に、わざわざ新しい寝袋を買いこんできた登久子は、寝るときは、生まれて初めて使う寝袋が面白いと言って、出たり入ったり、チャックを上げたり降ろしたりしてはしゃいでいたのだが、その登久子は、いま淳子のそばで、寝袋ごと一緒になってどたりばたりとものすごい音を立てて、ころがり回っているのである。

　その登久子の方はまあいいとして、そのとなりに寝ている章子は、歯ぎしりをするのである。ぱりぱり、きりっきりっと、すぐ近くでやられると頭が痛くなる。章子が歯ぎしりをすると、その隣りに寝ている妙子が、その歯ぎしりに刺激されたかのように、寝言を始めた。だって無理じゃあないのだとか、はやく電話した方がいいわなどと、まるで起きて誰かと話しているような寝言である。

（やはり、みんなも疲れているのだわ）

と淳子は思った。その疲労を寝相にふりかえて示す、そろって十九歳の彼女たちと、眠れないというかたちで示す淳子の二十七歳という年齢の差が、はっきり現われて、淳子は、ひとりだけ取り残されたように寂しくなるのである。

彼女は、いったい、自分は疲れて眠れないほど歩いたのだろうかと考える。第一日目は夜行でよく寝ていない。第二日目の昨日は松本から上高地までバスで来て、そこから徳沢園まで二時間歩いて、徳沢園でしばらく休んで、そこから大滝小屋までの五時間はたいへんだった。淳子がリーダーだという責任もあったが、やはり第二日目のこの行程は、女の身には少々無理だった。だが、その夜はよく眠った。死んだように眠ったのである。そして三日目、大滝小屋から蝶ケ岳ヒュッテまでの三時間は、途中、雨になってからは、ひどく寒かったけれど、それほどつらいとは思わなかった。疲労が刺激になって眠れないとしたら、東京を出て以来の疲労の積算かもしれない。

（疲労が刺激になって眠れないときは、外へ出て頭を冷やしてくればいい）

淳子は過去をふり返ってみた。彼女の登山歴は七年になる。大学時代には三十キロの荷物を背負って、十二時間歩きつづけたことがあった。そういうときは疲労が刺激になって、眠れなかった。だが、それも寝つきが悪いといった程度で、今夜のように、そろそろ十二時近くになるのに、まだ眠れないということは、ごく珍しいことである。

（ではなぜ、今日にかぎって）

そして、淳子は、突然、角崎利雄の雨に濡れた顔を思い出したのである。雨具の頭巾から、はみ出したように頭髪が垂れ下がって、雨がぽたぽたと落ちている。その頭髪の見えるような気がする。

（われわれ男性班は、女性班に絶対に負けられないからな）

負けるも勝つもない。男性班と女性班が二つに分かれて、蝶ケ岳から常念岳あたりの稜線ですれ違うというだけのことなのに、いざ松本駅で別れるときに、角崎利雄は淳子にそう言ったのである。淳子は角崎と山へ行ったことはないし、交際したこともなかった。ときどき会社の山岳会の例会で顔を合わせることがあるくらいで、角崎がどういう人間かよく知らなかった。ただ一度、音楽会の帰りの国電の中で、泥酔した角崎に話しかけられた。角崎はそのとき、ひどく卑猥《ひわい》な言葉を彼女に向かって吐いた。それ以来、淳子は角崎を嫌った。今度の山行計画でも、はじめA班を希望していた淳子が、B班に鞍替えしたのは、A班のリーダーとして予定されていた山本が急に都合が悪くなって、リーダーが角崎利雄と決まったからであった。

淳子はその変更について、B班の方が人が少ないからだと言った。それは、たいして理由にはならなかった。誰がみても、淳子が角崎リーダーを嫌ってパーティーを変更したとしか思えなかった。

淳子がB班を希望すると、A班に申し込んでいた登久子もまたB班に鞍替えした。こうなると、A班には女性はひとりもいなくなった。そして、B班に淳子、登久子、章子、妙子と四人の女の顔が揃うと、はじめからB班のリーダーとして予定していた磯垣弘が、

(男ひとりでは、いい加減こき使われるからな)

といって、A班に移ることになり、結局、男、女二組のパーティーが編成され、B班のリーダーは淳子になったのである。

角崎が女性班に負けたくないと言った言葉の裏には、みごとに女性班のリーダーにおさまった淳子に対する当てつけの言葉と、淳子の変節に対する怒りが含まれていた。

(女だけでやれるならやって見ろ)

といいたいところを、負けたくないと言ったとしたら、角崎はいったい、その気持を行動の上で、どのように表わすだろうか。

彼女は、外の風の音に耳を傾けた。

(あの人たちは暴風雨の中を強行突破して、この小屋目ざして来ようとしたのではない

だろうか）

途中で引き返せばいいが、もし途中で道を間違えたとしたら……。淳子は寝袋から這い出した。眠れない理由がやっとはっきりした。A班のことが心配なのだ。角崎、磯垣、深野、相坂と、四人の男の顔をつぎつぎと思い浮かべてみても、淳子と特に親しい男は、ひとりもいない。それなのにその男たちのことが気になるのは、虫が知らせるということなのかしら……そんなことを思うのである。

彼女は枕元の懐中電灯を取ると、スイッチを入れて足元を照らしながら、小屋の外へ出た。深い霧で、かなり強い風が吹いていた。

懐中電灯を消すと、一寸先も見えないような暗闇であった。風の中に立っていると、まず頭から冷やされていく。ひっかけてきたウインドヤッケも霧で濡れてしまうし、スラックスを通して、夜の冷たさが伝わってくる。

そうして立っていると、この地球上に生きているものは自分ひとりだけのような孤独感にとらわれてきて、妙に心の奥で疼《うず》くものを見きわめようとしていると、突然、なんとなくそうしていることが、ばかげてくるのである。こういう経験は、はじめてではなかった。だが、山へ来て眠れないときは、こうしているのが一番いいのを、彼女は知っていた。夜、小屋を出て歩き回ることは、決していいことではなかったが、眠れない夜は、星空を見ながら立っていることもあるし、今夜のように霧の中に立っていることもあった。やがて身体がすっかり冷え切ったころに、小屋に帰って、寝袋にもぐり込むと、その冷えた身体があたたまるまでには、きっと眠りつけるのである。彼女は、孤独な気持に落ち込もうとしたり、強いて感傷的になってみたり、そういう子供っぽい気持を排除しようとしたりしているうちに、なんとなく霧の中に隙間ができたような感じがした。

「晴れるのよ、きっと」

彼女は霧の中で、そうつぶやいた。懐中電灯をつけて見ると、霧はずっと薄くなっていた。彼女は懐中電灯の光の中に、小屋が識別できる範囲内で、小屋から離れていった。やはり霧ははれていくようであった。頭を打つ風は、いくらか強くなったようだが、霧粒は前ほどではなかった。

彼女は懐中電灯を頭上に向けて、大きく二つ三つ回した。霧の中に、粗密がはっきり現われていた。ひょっとすると、霧の間から星が見えるかもしれない。そう思って懐中電灯のスイッチを切ると同時に、前方に光を感じた。とっさに彼女は、小屋から誰かが出て来たな、と思った。その懐中電灯の光が、薄れかけた霧を通して見えたのだと思った。

光はゆらゆらと動いてすぐ消えた。

光の消えた方に眼をやったままで、淳子は、しばらく立っていた。おかしいな、と思った。光は、たしかに小屋の方向だったが、小屋よりやや右に離れたところに見えたのだ。念のために、ふたたび懐中電灯をつけて、小屋の方へ当ててみると、やはり、小屋は思ったところにあった。そこに小屋があるからには、あの光は、小屋とは別なところから来たものに思われた。

淳子の全身に、冷たいものが走った。そして、すぐ身体中が熱くなった。

「角崎さんたちじゃないかしら」

さっき腕時計を見たら、十二時を過ぎたところだった。こんな夜更けに、彼等がそこらあたりをうろついているはずはないのだが、光が見えたとすれば、A班が暴風雨をついてそこまで来ているのだと考えて、考えられないことはなかった。

淳子は懐中電灯をつけて、やたらにふり回した。つけたり、消したりした。もしまた光が同じところに見えたら、小屋へ帰ってみんなを起こし、小屋の主人にも起きて貰うつもりだった。だが、光は二度と見えなかった。

「錯覚かもしれない」

彼女は、そう思った。誰かが起きて懐中電灯をつけたその光が、戸の隙間から、外へ洩れたのかもしれない。霧の濃淡に光が屈折して、別なところに発光源があるように感じたのかもしれない。一応、淳子はそのように結論づけた。

小屋へ帰ってみると、章子は、自分の布団からはね出して、妙子の布団を奪って眠りこけていた。布団を奪い取られた妙子は、小犬のように丸くなって、章子の足元で眠っていた。登久子は、無意識のうちに寝袋のチャックを胸のあたりまでおろして、右手をぬっと出して眠っていた。小屋には彼女たちのほかに五人ほどの登山客がいたが、みんなよく眠っているようであった。

彼女はシュラーフザックの前に坐って、しばらく考えた。あの光のことで誰かを起こそうかと考えたが、結局は、そうするだけの勇気が出ず、濡れたウインドヤッケを脱いで、寝袋にもぐりこんだ。いつもなら、そのとき眠れるという自信がつくのだが、彼女は、寝袋に入ったとたん、また角崎たちのことを考えた。彼等が蝶ケ岳ヒュッテを捜して、霧の中を歩き回っているように思われてならなかった。淳子は外が明るくなりだしてから、ごく僅かながら眠った、眠ったと思ったら、もう登久子に起こされた。

「すばらしい天気よ、淳子さん」

「そう、天気はいいの」

淳子は鸚鵡《おうむ》返しに答えて、起き上がってすぐまた、角崎たちのことを考えた。ゆうべ見た、光のことを思い出したのである。

「あなた方のうち、誰か夜なかに起きた人ある。起きて、懐中電灯つけて、おトイレに行ったひとないかしら」

淳子は、寝袋に半分身体を入れたままで、変なことを聞いた。誰も、起きたとは言わなかった。

「どうしたの淳子さん、なにかあったの」

「いいのよ、なんでもないのよ、ただそんな気がしたから聞いてみただけなのよ」

淳子は寝袋から這い出ると、もう、出かける用意をしている、五人の男ばかりのパーティーに同じことを聞いた。彼等の中にも、夜半に起きたものはなかった。小屋の主人に聞いても、同じ答えだった。

「なにかあったのかね」

小屋の主人は、淳子に探るような眼を向けた。

「いいえ、なんでもないの、私の気の迷いよ」

淳子は、光のことは言わなかった。

2

登久子が角崎たちのことを言い出したのは、蝶ケ岳の頂上から北の方向にかなり降りて、樹林帯に入ったところだった。

「おかしいわね、あの人たち、どうしたのでしょう」

もうそろそろ出会ってもよさそうだ、というならまだしも、おかしいわ、というのはかんぐり過ぎたいい方だけれど、登久子が、おかしいとひとことというと、章子も妙子も、変ねえとか、なんかあったのかしらなどと言って、急にあたりを気にしだすので、淳子

は昨夜のことを、実は……と、口に出そうになるのを、無理矢理にこらえて、

「なに言ってるの、常念小屋と蝶ケ岳ヒュッテの中間は、もっと先よ。だいいち、こんな見通しの悪いところで出会っても、ちっともいいことないでしょう」

淳子はそういって、先を急ぐのだが、彼女自身の心の不安は、樹林帯の鞍部を抜け出て、いよいよ、常念岳への岩ごろ道の登りにかかったころから、胸の動悸にあらわれてきて、ずっと上の、黒岩のかたまりを見て、男たちのパーティーかと思ったり、登山道路からちょっと離れたところに横たわっている岩を見て、もしや誰かが倒れているのではないか、と思ったりした。

(常念岳の頂上に着くまでのうち彼等に会わなかったとしたら、なにかが起こったのだ)

淳子はそう思った。その淳子の気持は、やはり、距離的にここまで来ると、登久子や章子や妙子にも伝わって、誰も口をきかなくなって上の方ばっかり見て歩いていた。

常念岳の頂上に近づくと、岩場が多くなって、岩のこぶをよけて登るように道がついている。淳子は、そこまで来ると、彼女のあとにつづく三人の女性たちのリーダーであることを忘れて、とにかく急いで頂上に立って見たい、という気になった。もしかすると、あの男たちは、女たちを驚かすために、わざと出発を遅らせて、常念岳の頂で彼女たちを待っているかもしれない。それが、考えうるところの一縷の望みであった。

淳子は、あとにつづく三人の女たちをかなり離して、頂上についた。誰もいなかった。もしや、ケルンの蔭に隠れているのではないかと捜してみたが、そこにも姿はなかった。淳子は、ケルンのところに坐りこんで、空を見上げた。空はよく晴れていたが、箒ではいたような巻雲《けんうん》が、高いところに流れていた。

「あの人たちは、ここで休んだのよ」

章子が、岩の蔭からびしょびしょに濡れたチリ紙を拾って来て言った。

「ね、きちんと四つにたたんであるでしょう。深野さんの癖なのよ。深野さんていう人は、こういうところにまで折目正しいところを見せる人なのよ」

章子は二本の指にはさんだチリ紙を岩の上にべっちゃりと置いて、

「遭難だわ。深野さんたちは嵐の中で道を間違えて遭難したのだわ」

と突然、叫んだのである。

「まさか、そんなことがあるものですか。とにかく、常念小屋へ行ってみないと……。常念小屋へ行けば、すべてがわかるのよ」

そう言ったときに、淳子はもう、ルックザックに肩を入れていた。

淳子は、常念小屋を目ざして、急坂をころがるようにして降りた。常念小屋について、男たちの安否を確かめたいという気だけが先に立った。彼女はしばしばころんだ。あとからついて来る三人の女たちのことは、全然心にかけてはいなかった。

常念小屋の主人は、蒼白な顔をして駆け込んで来た淳子の顔を見て、なにかが起こったと見てとったようであった。

小屋の主人は、黙って引きかえすと、奥から、水を一杯汲んで来て、淳子にすすめた。

「小父さん、四人の男がこの小屋に泊まらなかった」

「ああ泊まったぜ。だがね、きのうの朝、吹きぶりの中を、大滝小屋まで行くと言って出発したよ。止めるのも聞かずにね」

「やっぱり――」

淳子は、土間に腰をおろした。頭の芯から、血が引いていきそうだった。遭難したのに間違いない、と思った。

「どういう約束だったか、話してくれねえかね」

小屋の主人は、落ちついた顔で言ってから、

「蝶ケ岳ヒュッテに寄らずに、途中から横尾へ下る道を降りたかもしれねえからね」

と、つけ加えた。

「いいえ、そんなことがあるものですか。私たちは、蝶ケ岳と常念岳の稜線ですれ違うって、約束して出て来たのよ」

淳子は、小屋の主人に食ってかかるような剣幕で、二つのパーティーの約束ごとを話した。言いたいことを全部言ってしまうと、少しばかり落ちついた。

「あの人たち、この小屋でなにか、私たちのこと話していた」

遅れて着いた登久子が言った。

「あの四人の男かね」

小屋の主人は、ちょっと眉間のあたりに、不快の色をただよわせてから、

「リーダーの人は、なんていったかね。つの……」

と言いかけて、戸惑っているのに、

「角崎さんよ、その角崎さんがどうかしたの」

章子が、前にしゃしゃり出て言った。

「たいへんな酒飲みだな。東京から夜行で来て、その翌日に、ここまで登って来るのは、たいへんなことだ。たいていの者なら、飯を食ったらそのまま寝てしまうずらに、あの人はウイスキーの小壜を二本あけたからね」

よくねえことだと、山小屋の主人はつぶやいた。

「いくら酒が好きだって、山では飲んじゃあいけねえ。そのあとがたたるでな」

小屋の主人は、そのころになって、やっと、その場へ顔を出した妙子の顔に、話しかけるように言った。

「それで、昨日の朝はどうだったの」

淳子は、核心に触れた。

「どうにもこうにも、あの角崎って人はわからず屋だね。こんなひどい嵐だから、やめろといくらすすめても聞かずにね。それに他の三人も三人だ。だいたい、そういうときは、ほかの人がリーダーをなだめるのが当たりめえだが、そうはしねえで、小父さん、このぐらいの雨風をこわがっていちゃあ、山をやるなんて言えませんよなどと、でけえ口をきくずら。そうなりゃ勝手にしろといいたくなるじゃねえかね」

それから、小屋の主人は、急に忙しそうに動きはじめた。山仕度をととのえて、弁当を持つと、

「言うことを聞かずに出て行った人たちでも、居なくなったとなると、ほっちゃあおけねえ」

四人の女たちは、その小屋の主人を送って、小屋の外へ出た。

常念岳の方から登山者がひとり、駆けおりて来るのが見えた。男はなにか叫びながら近づいて来ると女たちに向かっていった。

「深野、深野幸一って知っていますか。その人の遺体が蝶ケ岳の這い松の中で見つかったのだ」

その登山者は、昨夜蝶ケ岳ヒュッテに泊まった登山客のひとりであった。彼は彼女たちよりはやく小屋を出たが、蝶ケ岳の稜線で写真を撮って、道草を食っているうちに、道路から数メートルはなれた這い松の中で、深野幸一の遺体を発見したのである。深野

幸一という名を確認したのは、蝶ケ岳ヒュッテの主人であった。深野のポケットにあったパスによってわかったのである。その登山者は、泊まり合わせた女性たちグループが、常念岳からやって来る男性パーティーのことを心配していたのを知っていて、すぐ彼女たちの後を追って来たのであった。

女たちは、しばらくは茫然としていたが、章子が爆発的な声を上げて泣き出すと、そこは、始末に負えないほどの愁歎場になった。

淳子は涙を浮かべただけだった。彼女は、女たちがわあわあ泣き叫んでいるなかで、あとのことをどうしたらいいのか考えていた。

3

深野幸一の遺体が発見された附近から、他の三人がつぎつぎに発見されるものと想像されていたが、他の三人の姿はその翌日になっても発見されないまま、また雨になった。梅雨は完全には上がっていないようであった。雨の中を捜索は続けられたが、手がかりはつかめず、三日つづきの愚図ついた天気が上がった日になって、相坂富雄の遺体が蝶ケ岳の西側の這い松地帯から発見された。相坂富雄は膝をつき、胸の中に手をさしこんで死んでいた。

角崎利雄と磯垣弘の二人の遺体は、蝶ケ岳北峰の東側の這い松の中で発見された。二人は向かい合って倒れていた。角崎が磯垣の首のあたりに片手をかけ、磯垣の右手は、角崎の腕の上に置かれていた。遭難現場としては、まことにおかしなかたちであった。

女たちは、淳子ひとりを残して帰京した。淳子が残されたのは、彼女がB班のリーダーであり、山にくわしかったからであった。会社からの指示であった。

淳子は、相坂富雄の遺体確認のときも、角崎、磯垣の遺体が発見されたときも、冷静そのものだった。僅かに涙を浮かべていただけだった。遺体は、そのころになって、急に数を増した登山者たちの好奇に輝く眼の中をひきおろされて、上高地、霞沢おし出しで茶毘《だび》に付された。それまでには、遭難者の遺族も集まっていた。

遺族は、淳子に遭難の原因について、いろいろのことを聞いた。深野、相坂、磯垣の家族は、淳子の口から、遭難の責任は、角崎リーダーの無謀にあったと言わせたいような口ぶりであった。遺族たちは、おりを見て、淳子に近づいては、

「いまさら、死んだ人を恨んでもしようがないのですが、どうして、こういうことになったか、ほんとうのことを知りたいのです」

と言った。

リーダーの角崎が悪いのだ。あの人に全責任がある、とひとこと言って貰えば、それで気がすむらしかった。角崎の遺族はまた、この遭難の原因は隊員の技量未熟にあったのではないかというふうな口ぶりで、淳子に話しかけた。ろくでもない隊員と一緒に山

へ行ったから、それが重荷になって、こんなひどい目に会ったのではないかと思っているようであった。

「お願いですから、教えていただけませんか。いったい誰なんです。パーティーの行動にブレーキをかけたのは、いったい誰なんです」

淳子は、なにを聞かれても黙っていた。知らないと答えるしか、しようがなかった。

淳子は東京へ帰っても、この遭難から逃れることはできなかった。いろいろの人が来て、いろいろのことを訊ねた。憶測でものを言う人もあったし、こういう噂が流れていると、わざわざ彼女のところに知らせに来る者もあった。会社の人たちは、この遭難のかげに四人の女たちが、なんらかの形で関係しているものと思い込んでいるようであった。単なる遭難ではなく、意味ありげな遭難にしようと思っているようすであった。

淳子は、遭難報告会を開いてくれるように、登山部の会長に頼んだ。みんなの面前で確かな発表をしておかないと、今後、ますます真相が曲げられて伝わっていく、と思ったからであった。

遭難報告会は五時半に、会社の会議室を借りて行なわれた。会場には、山岳会員のほかに、ほぼ同数の人たちが集まっていた。女性の姿が多いのも意外であった。

淳子は、少々あがった。こんなに人が集まるとは思っていなかった。彼女は、やや引き締った顔で、黒板にルート図を書いて、四人の男たちが倒れていた地点に、それぞれ十字架を書いた。

「まず、パーティーの編成からお話しいたします」

淳子は、A班、B班の編成が、途中で変更になって、A班は男性、B班は女性となったいきさつについては、

「A班の方が一人多かったから、私がB班に移ることにしました。すると、登久子さんが、女一人になるのはいやだと言って、私と一緒にB班に移ったのです。そうすると今度は、B班が一名多くなるから、磯垣さんがリーダーを私に譲ってA班に移り、結局、A班は男性四人、B班は女性四人となりました」

そこまで話すと、淳子は、いくらか度胸が坐った。あとは彼女たちの足取りを話し、次に、常念小屋で聞いたことを話し、最後に、捜索の内容と、遺体発見のときの状況を話した。

淳子が報告を終わると、次々と手が上がった。淳子は、経過報告よりも、その質問の方がこわいことを充分承知していた。

「パーティーの編成変更は、列車の中でなされたということは、ほんとうでしょうか」

という質問があった。

「いいえ、パーティーの編成変更は、東京を発つ前に決めてありました」

別の手が上がった。

「角崎さんと磯垣さんとは、つかみ合いの喧嘩をやっていたような恰好で死んでいたというのは、ほんとうでしょうか」

その質問は、女性からであった。

「いいえ、私にはそうは見えませんでした。ふたりの遺体が発見されたと聞いて、私は誰よりも先に現場に走りました。私には、ふたりはいたわり合いながら歩いていて、そのまま倒れたというふうに見えました」

別の手が上がった。

「相坂君は、胸の中の写真を抱きしめて死んでいたということですが、その写真は誰の写真でしたか」

そのぶしつけの質問をした男は、山岳会員ではなかった。

「相坂さんは、這い松の中にかがみこむような恰好で倒れていました。多分、右手を胸の中に入れていたのは、こごえた手を暖めるつもりだったのでしょう。胸のポケットにパス入れがあって、その中に、うちの山岳会の人たち数人で撮った写真が一枚入っていました」

質問は、それだけだった。

淳子は、みんなに一礼してから黒板に向かって、ルート図を消しにかかった。

部屋は、しいんとしていた。もう、報告会は終わったのである。淳子は、そのつもりで、ちゃんと挨拶しているのだから、参会者はさっさと会場を出ていけばいいのである。だのに、一人として出ようというものはなく、みんなで心を合わせたように、黒板に書かれたルート図を消そうとしている淳子の背を、見つめているのである。

淳子は、なにか、異常なものを感じた。おそらく、報告会を聞きに来た人たちの大部分は、その報告の内容について不満を持っているのではないかと思った。淳子は白墨によごれた手を、ハンカチで拭きながらふりかえった。

「もうひとことだけ、質問させていただきたいのですが」

その男も、山岳会の会員ではなかった。

「今回の遭難について、当事者としてのあなたの心境をうかがいたいのです。あなたは、この遭難の原因を、四人の男の無謀さだけにあったのだと断言できますか。ほかに間接的な原因は、なにもなかったと断言できますか」

「間接的な原因とおっしゃいますと」

淳子は、反問した。この男は、社内に流れている噂のことをかなり気にしているのだなと思った。

「つまり、蝶ケ岳の小屋に、あなたがた女性四人がいたということです。もし、あなた方四人が、そこにいなかったならば、彼等は無謀な行動をしなかった、と考えられませんか」

淳子は、しばらく考えていた。

「同じ会社の山岳会の私たちパーティーのことが、角崎さんたちの頭の中にあったことは間違いありません。だが、私たちがいたから、暴風雨の中を強行したというふうには考えられません」

「すると、やはり、男たちの無謀な行動が彼等を死なせた、ということになるのですね。あなたがた女性には、なんの責任もないというのですね」

かなり、激しい口調でまくし立てるその男が、死んだ四人の男とどういう関係の男か、淳子は知らなかった。言いがかりだ、と思った。淳子の顔が、ひきしまった。淳子は、その男にはっきりと、四人の女性は今度の遭難にはなんの責任もない、と言おうと思った。

章子が声を上げて泣き出したのは、そのときだった。つづいて、妙子も、登久子も泣き出した。その三人は、まるで遭難裁判にひっぱり出された被告のように、一番前の席に三人並んで坐っていた。三人が泣き出したことは、女性にはなんの責任もないのかという質問に対して、あると答えたと同じことのようであった。泣き出した三人の女の周りに幾人かの人が集まり、その周りにまた人垣ができて、ほうぼうから騒々しい声が起こると、人々は、これでやっと遭難報告会が終わったのだ、という顔で会場を出ていった。

「なにもかも言ってしまうわ。言ってしまいたいのよ。誰かに言えば、気が晴れると思うのよ。でも、淳子さん、このことは誰にも言わないでくださいね。これは、私と淳子さんだけの秘密にしておきたいのよ」

章子はそう前置きして、話し出した。章子と深野幸一は、山岳会で顔を合わせるようになってから、急に親しくなっていった。ふたりの気持は、ほとんど通じ合っていたが、まだ結婚の約束まではしていなかった。

「深野さんってね、妙にロマンチックなところと、臆病なところを兼ね備えている人だったのよ、その深野さんが、こんどの山行が決まると、すぐ私に、蝶ケ岳と常念岳の稜線ですれ違うときに、重大な申込みをしたいから、心の準備をしていてくれっていうのよ。深野さんがいうには、稜線にかかったらトップを歩こう。一行より少し先を歩いていって、ふたりがばったり出会ったときに、彼は、その重大な申込みをするっていうのよ」

「重大な申込みってプロポーズのことなのね」

「そうよ。それなのに深野さんは……」

章子は、ハンカチを眼に当てた。小さな喫茶店だから、章子が泣き出すとすぐわかる。

なんだか淳子が章子をいじめつけているようで、いやだった。

「それで深野さんは、トップを歩いていたっていうのね。でも、なぜ小屋の手前百メートルのとこまで来て、道を踏みこえて這い松の中へなんか入ってしまったのかしら」

「それなのよ」

章子は涙に濡れた眼を輝かせて、

「あの晩、私は眠れなくて、ずっと起きていたのよ。ほら、その翌朝、淳子さんが、誰か起きなかったかって聞いたでしょう。実は私がひとりで起きて、小屋の外に立って、もしかしたら、深野さんたちが来るかもしれないと思って、懐中電灯を振ったのよ。深野さんはその光を見たとたんに、安心したのじゃあないかしら。あっ、小屋の光だ、もう大丈夫だ、と思ったとたんに……ふらふらと道を踏みはずして、這い松の藪の中に入って、そのまま、多分ひと休みして、一気に来るつもりのまま、眠り死んだのではないでしょうか。結局、深野さんは私のために死んだようなものなのよ」

章子はそう言って、今度は声をあげて泣くのである。あの夜、章子は夜中、歯ぎしりを続けていた。よくもまあこんな嘘が、と淳子は腹を立てた。夜起きたことが嘘だとしたら、深野が稜線上で彼女にプロポーズしようと言ったなどというのも、どこまでが本当なのか知れたものではなかった。

「章子さん、きっとあなたのいうとおりよ。でもね、章子さん、そのお話、あまり、人に話さないほうがいいわ」

淳子は立ち上がった。章子は、この話はあなただけよ、と断わっては、誰彼となく話しているらしかった。そうでなければ、深野は章子との約束を履行するために死んだ、などという噂が出るはずがなかった。

深野と章子の噂のほかに、まだ噂があった。そっちの方は、角崎と磯垣が妙子を争っていて、その恋にからむ感情が遭難の原因になったというもっともらしい噂であった。

淳子は、妙子を昼食時間に外へ連れ出して、そのことを訊ねた。

「噂は、ほぼ正しいわ。角崎さんも磯垣さんも、私と結婚したい意志を持っていたわ。でも、私はまだ、どちらに対しても、恋愛感情を持っていなかったわ。だって、私まだ十九でしょう」

妙子は、十九歳の夏の夢でも見るような眼を、皇居の上の白い空に投げながら言った。

「角崎さんと磯垣さんは、いつか衝突しなければならない運命にあったのだわ。それが、あの日になって起こったのよ。磯垣さんは、角崎さんのリーダーとしてのやり方に対して、なにか批判めいたことを言ったのよ。たとえば、道のことだとか、進退のことだとか、それで喧嘩になったのじゃあないかと思うの。あの暴風雨の中で争ったのだわ。そしてふたりは疲れ果て、倒れたのよ。私のために、あのふたりは死んだのだわ」

もういいわ、と淳子は言った。妙子が想像することは自由だが、死んだ男たちには、可哀そうな気がしてならなかった。

「妙子さん、あの晩、それが心配で眠れなかったんじゃあないの」

と淳子が念のために、かまをかけると、

「そう、ずっと起きていたわ。一時間ばかり眠ったかしら」

嘘いえ、と淳子は叫びたかった。ずっと寝言を言いつづけていたくせに。

淳子は妙子を置いて、さっさと歩き出した。彼女自身が女であることが、なんだか恥ずかしいような気さえした。

妙子が、あとから追いかけて来ていった。

「淳子さん、磯垣さんが、男たちのパーティーへ行ってしまったのを、変だと思うでしょう。登久子さんが、こっちのパーティーに来たからよ、磯垣さんは、登久子さんが嫌いなのよ。嫌われていることも知らずに、登久子さんがべたべたするのが、あの人にはたまらなくいやだったのよ」

その登久子の方から、淳子に呼出しがかかったのは、その日の帰りだった。

「淳子さん、話したいことがあるのよ」

「遭難のことでしょう」

「そう、いろいろの噂が出てうるさいから、真相だけはあなたにお話しして置きたいと思うのよ」

登久子と淳子が向かい合うと、彼女はハンドバッグから登久子を中心として、相坂、深野、磯垣、角崎の四人の男が写っている写真を出した。

「相坂さんが持っていた写真は、これと同じものでしょう。相坂さんが、この写真に手を触れて死んでいた気持は、私にはよくわかるわ。相坂さんは、もっとも熱心に私に求愛していた人だからよ。そして深野さんも、磯垣さんも、角崎さんも、私に夢中だったのよ。あの四人は、松本に列車がつくまでに、それぞれ、すきを見て、私の耳にささやいたわ。三日目にはきっと会いましょうねって……無理したのだわ、あのひとたち」

「そうねえ、登久子さんは、たいへんな美人ですもの。四人の男が熱を上げるのは無理ないわ」

皮肉のつもりで淳子がいうと、

「そうよ。あの四人は、私のために死んだような気がするわ。美人であることは、意外と悲しいことなのね」

と真顔でいうほどの登久子の浅はかさに、淳子はつくづくあきれ果ててしまった。登久子も、章子も、妙子も十九である。二十七歳の淳子との年齢のへだたりは、いかんともしがたいように思われた。

「四人の男が、その雨の中を来ると思ったら、あの晩、眠れなかったでしょう」

と淳子が言ってやると、

「それが、よく眠れたのよ。朝まで全然なんにもおぼえていないわ」

その件について、登久子だけは正直に言った。


八月に入ってすぐ、四人の男たちの追悼《ついとう》山行会をやろうではないか、という話が出た。章子も、妙子も、登久子も賛成した。だが淳子ひとりは、その山行には加わらなかった。

「どうしたんです。ベテランの淳子さんが行かないなんて」

追悼山行のリーダーの山本が言った。

「私、山はやめようかと思っているのよ」

淳子は、窓の外の濁った空に眼をやりながら言った。そう言ったところで、山をやめるわけにはいかなかったが、今度だけは、行くのはいやだった。章子や、妙子や、登久子たちと一緒に行くのがいやだ、というのではなかった。行けば、蝶ケ岳ヒュッテに泊まることになる。そうなれば、おそらく、一睡もできないだろうと思った。

淳子は、あの夜、蝶ケ岳の頂の方向に見た光は、深野幸一の振った懐中電灯の光にちがいない、と思っていた。深野はそこまで歩いて来て、霧のはれ間から、淳子の懐中電灯の光を見たのである。そして、そこで力が尽きたのであろう。あのとき、小屋の人たちを起こして捜しに行けば、少なくとも深野一人だけは助かったのだ。いや、他の三人も助かったかもしれない。淳子は、彼女の心の底に重く沈んだ罪過に耐えられないよう

に、足元を見つめながら、

「わたし、ほんとうに山をやめようかしら」

と、こんどは前よりも、はっきりとした口調で言った。

彼女の頭の中を、夜の霧が過ぎていった。その霧の中に、ランプが揺れているのが見える。彼女は、頭をかかえこんだ。

(あの男たちは、私が殺したようなものだわ)

彼女はそう思った。その考え方が、登久子や、妙子や章子が、あの男たちは私のために死んだのだと思いこんでいるのと、考え方においてはそう離れたところにいるのではないということに、淳子は気がつかないようであった。

遭難者

夜になると雪は風と共に激しさを加えていった。

塚村銀平は長靴を穿《は》いて、宿の外に出て、降る雪に顔をさらした。しめり気を十分持った大きな雪で、朝までには相当な積雪を見るに違いない雪だった。

塚村銀平は帳場の前を通る時、宿の主人の多市が、スキー客に、

「おかげ様で、雪になりそうで……」

と云っているのを小耳にはさんだ。

スキー場は例年にくらべて雪が少なかった。雪があれば客が増す。スキーを初めて穿くような客がどっと増える。そういう客たちを相手にしなければならない、スキー技術指導員という立場の塚村銀平から見れば、あまりうれしいことではなかった。多い少ないは比較の問題で、現在のままでも、宿は八分どおりの入りだし、日曜祭日のゲレンデは人で身動きができないほどの混雑だった。彼の仕事にひまはなかった。

塚村銀平は彼に当てがわれている部屋に引込んで、炬燵に足を入れた。火の気のない

ようなぬるい炬燵だった。

九時。彼は暗い電灯の下で日記帳の頁を開く。

（曇り。昼より濃霧、夕刻より雪。無為。今日も一日屁ぴり腰のスキーヤーの相手――）

全く無為の一語につきる生活だった。春までこのスキー場お雇いのスキー技術指導員として暮す。

それから先のはっきりした当てはなかった。春になると、東京へ帰り、兄の家へ転がりこむ。やがて夏山の時期を迎えると、山小屋へ雇われていく。

彼には定職がなかった。戦争が彼の情熱を煽り、敗戦が彼を山へ追った。山が彼を社会と遊離した。

帳場の方がなんとなく騒々しかった。どら声で話しているのは、旅館組合長の雨宮虎吉だと分るが、話の内容は分らない。話の中に出て来る銀さんという言葉だけが、塚村の耳にとどいて来る。

塚村は廊下へ出た。足元から突き上げて来る冷たさが彼に、宿の外で起こっている、ただごとでないものを予想させた。

雨宮虎吉はアノラックの肩につもった雪をそのままにして土間に立っていた。

「銀さん、大変なことになった。お客さんが帰らない」

雨宮虎吉はこのスキー場の近くの村の出身で、スキー場が開かれると、いち早く小屋を建て、それが時流に乗って、今ではスキー場一の旅館を経営していた。本来が百姓だが、百姓らしくない眼付きをした男だった。

宿に帰らない客は男一名女二名の一組だった。日曜日だったから宿はごった返していた。最終のバスで大部分の客が東京へ帰り、あとに残った泊りの客の世話に眼を向けられるようになったのは六時頃だった。その頃になって、三人が未だに帰らないのに気がついたのである。宿では、天候が変って帰ることができなくなったスキーヤーが二キロメートルばかり離れた奥のスキー宿に泊ることがあることを考慮して、一応そこへ電話連絡すると、確かにそれらしき三人の客があった。その客の氏名を確かめなかったのが、時間を遅らせた原因だった。

その三人連れが全然別の三人だと分るまでには更に時間が経過していた。

「御苦労様だが銀さんにお願いしたい。銀さんより他に行って貰える人はない」

虎吉は上目遣いに塚村銀平の顔を見ながら云った。言葉は丁寧だが、旅館組合長をかさにかぶっての云いようだった。

「その三人を最後に見かけた人は……」

塚村は虎吉と一緒に来た若い男に向って云った。多分その男が遭難者の知人だろうと思った。

「すみません、お騒がせして……」

若い男は塚村に頭を下げた。御知合いですかと塚村が改めて男に聞くと、汽車の中で隣席に坐り、同じ宿に泊っただけの関係だった。それだけの間柄にかかわらず、いやに神妙な顔ですみませんという男の顔を塚村は、黙って見詰めていた。

三人を最後に見かけたその男の話を総合すると、三人は霧の出る前の時刻、つまり、午前十一時頃に、スキーリフトの終点から、南側の斜面で滑っていたということであった。スキーリフトの終点は尾根のいただきにあって、そこから、南と北に傾斜が分れていた。一般にスキーヤーの群がって滑るのは北側ゲレンデである。つまり、その三人はあまり人が滑らない南側ゲレンデに居たのである。

「その男のアノラックの腕に、妙にぴかぴか光る赤いマークが縫いつけてはありませんでしたか」

「そうです、あのマークはスリーエススキークラブのマークです。御存知ですか」

若い男はほっとしたような顔をした。

「知りませんね、そんな名前のスキークラブ。だがその男は確かに今朝見かけましたよ」

塚村銀平は午前中男女合わせて、十数名のスキーヤーにコーチをしていた。初心者であったから、なるべく人の居ないゆるい傾斜面を選んで、教えていた。その近くに真紅のアノラックを着た二人の女と滑っている男がいた。

男はまあどうやらという程度の腕前だったが、その腕前を誇示したいためか、塚村のコーチしている初心者組の前を横切って見せたり、転んだまま起き上がれないでいる女の前に、ジャンプターンで止ってストックを出して起き上がる手助けをしたり、そういうきざな動作をする男だった。

見方をかえると、その男は塚村の腕に巻いている黄色地に白く染めぬいた指導員の腕章に挑戦でもするかのような態度だった。

「ローテイションってことについてどうお考えですか」

男は、塚村のところに来て、そう云った。戦後、スキーヤーの間に使われだしたスキー用語だった。男はそれをいう時、彼のアノラックに縫いつけたマークを塚村にわざと見せびらかすようにして云った。

「さあ……」

スキーは理屈ではない、滑ることだ。彼はこの都会から来たスキーヤーとスキー問答をするつもりはなかった。

「つまりローテイションというのは回転方向に上体をふり込んでいく走法です」

男はどうですといった顔で云った。スキー指導員の腕章こそ巻いてはいるが、こういう高等理論は御存知ないだろうという眼だった。男はそこでちょっと肩を上げて、薄笑いを浅らしてからストックを持ちかえて滑降動作に移った。くらげ技法を大ぜいの見ている前で演じて見せているつもりらしかったが、塚村の眼から見ると、単に尻を振りながら滑降しているにすぎなかった。バランスもてんで取れていないし、大体スキーが平行を欠いていた。

塚村は横を向いて煙草に火をつけた。

濃霧になったのは十二時を過ぎた頃だった。彼は、霧が濃くなったから、北斜面のスキーリフト付近で滑るように、付近のスキーヤーに呼びかけて歩いた。スキー技術指導員として当然のことだった。

塚村がその男と二度目に言葉を交わしたのはその霧の中だった。

「北側斜面で滑って下さい」

「霧ですか、霧ね……確かに霧ですよ、しかし霧をこわがっていたんじゃあスキーはできない……」

男は塚村にそう当てつけて置いて同行の女達二人に、

「霧が出ました。ここは危険ですから北斜面で迷子にならないように滑って下さあい……」

と口に両手を当てておどけた調子で叫んでいた。

「銀さんすぐ出掛けて貰いましょうか」

雨宮虎吉は考えこんでいる塚村におしつけるような態度で云った。

「僕があの三人を探しにこの吹雪の中へ出ていくんですか、なるほど……」

塚村はひとりごとのように云った。

「銀さんが行かなきゃあ誰が行くんです。人命救助ですよ。それにこのスキー場で遭難者を出したとなったら、スキー場の名がすたれる。あなたはこのスキー場のスキー技術指導員でしょう」

「そうですよ、いかにも僕はこのスキー場お雇いのスキー技術の指導員です、けれども人命救助係じゃあない」

「いやだというんですか君……」

君といったとき雨宮虎吉の眼が光った。

「いやじゃあないが、この吹雪では捜索は困難ですね、無駄でしょう、唯ほんの気休め程度のことしかできない」

「お客様を見殺しにはできない、直ぐ出掛けて貰いましょう」

雨宮虎吉は命令するような口調で云った。

「出掛けましょう。結局はそういうことになる。だがひとりではどうにもならない、組合長さんも御一緒にお願いしましょうか」

塚村はからんだものの云い方をした。

「俺か、俺はだめだ、スキーができない」

「おや、組合長さん、あなたの宿からこの宿まで穿いて来たのはスキーじゃあなかったんですかね、組合長さんが駄目なら相棒は五郎君と武男君にして貰いましょう。二人にすぐ支度をして来るように伝えて下さいませんか、完全武装ですよ、下手をすると、こっちが遭難する。ミイラ取りがミイラになるってこともある」

五郎と武男は雨宮虎吉の息子だった。塚村に、自分の息子が指名されると、雨宮の顔に狼狽の色が動いた。

「もっとましな男はいないかな、五郎は風邪っぽいし、武男はまだこどもだ……」

「人命救助ですよ組合長さん、このスキー場の名がすたるかどうかの問題ですよ、しかし、ひとりではできない相談です、駄目なことは初めからやらない方がいい、どっちみちこの雪じゃあ今頃はもう……」

塚村は雨宮虎吉のお面を一本取って置いて、雪の降る高原全体を頭に描いた。

三人の遭難者は南斜面を滑り降りたところで霧に巻かれ、帰路を見失ったに相違ない。南側のゆるい斜面の底は広い平面となっていた。大きなスリ鉢型の底で方向を失って、ヤブの中へ入り込むか、或は動き過ぎて、危険な断崖に落ちるか、そこまでいかないうちに凍死するか、この時間までに帰らない三人の遭難者について考えられることはすべて暗かった。

「兎に角五郎と武男の都合は聞いて見るけれど……」

雨宮虎吉は降って湧いた息子のさいなんをどう処置していいやら困った顔を多市に向けた。

「五郎さんと武男さんなら二人共スキーの名手だ、それに塚村さんがついていりゃあまず大丈夫でしょうね」

同業者の多市にそう云われると雨宮虎吉はもはや逃れる道を失ったように、アノラックの頭巾をかぶると雪の中へ出て行った。

五郎と武男は真赤な顔をしてやって来た。二人は塚村銀平が指揮する捜索隊員に指名を受けたことを無上の光栄とでも思っているのか、ひどく興奮した顔をしていた。二人の兄弟は塚村の見せる勝れたスキー技術に青年らしいあこがれを持っていた。客のすくない時は塚村にコーチを受けていた。こういう意味では、二人の兄弟は塚村の弟子でもあった。

「いいかね五郎君、武男君、なんでも俺のいうとおりにするんだ、俺の命令以外の行動は絶対にしちゃあいけない」

塚村は命令という言葉を使ってから五郎と武男が軍隊の経験があればこういう場合に

は好都合だと思ったりした。

三人の前に地図が開かれた。

「出発はスキーリフトの終点から正しく南に向って滑りおりる。大体スリバチ平の中心あたりまで来たところで、直角に西へ百メートル移動する、そこから、正しく北に向って斜面を登る、いいね……」

塚村は地図上に鉛筆でコースを示しながら、五郎と武男に説明した。

「大変なことなんだ。真暗がりの吹雪の中だ……しかし、俺の腕につけたこのコンパスに狂いがないかぎり道は間違いっこない……」

塚村は話をやめて、二人の顔を見た。怖れている色はなかった。

塚村は戦争中のことを思い出した。目標のない広い海の上を飛行機で飛んでいるのと、スキー場の暗黒の中を滑るのと同じだと説明しても二人には分らないが、そんなふうな比喩を用いたかった。

「いいか、捜索には全神経を働かすのだ、どんな音も聞き洩らしちゃあいけない、どんな物でも見落しちゃあならない、たとえそれが海のしみのように見えるほんのちょっぴりした色の違いであってもな……」

塚村が海と云ったので、二人の青年は顔を上げた。

「たとえばのことなんだ。いいか、今度は信号だ。光がこういうふうに上下に動けば、その場所にとまれ、中心から右に動けば右へ移動しろ、左へ動けば左へ移動しろ、頭上であかりをくるくる振り回した時はなにかを発見した場合だ……」

塚村は懐中電灯を振りながら二人と信号の打合わせを終った。

装備の点検。携行品の振り分け。飯を食って吹雪の中へ出て行こうとする三人に向って、雨宮虎吉が云った。

「無理をするなよ、なあ、二重遭難にでもなったら大変だから」

二重遭難ということばを、雨宮虎吉が知っているのが塚村には意外だった。実際、二重遭難の可能性はあった。こんな、吹雪の中へ、捜索隊を出すこと自体が無理なことだった。遭難者の発見よりも、同行の五郎と武男を約束の二時間後に無事ここまで連れて帰れるかどうかの方が心配だった。

「二時間たっても帰って来なかったら、どうしたらいいのかね」

多市が云った。

「必ず帰って来る」

「帰って来なかったらの話だ」

「その時は第二次捜索隊を編成することなど考えないで朝まで待つんだな」

塚村は多市に云いながら、無事帰れるか帰れないかは五分と五分、帰れない場合の処置を頭の中で考えていた。

尾根に立つと、南斜面を吹き上げて来る吹雪がまともに顔を打った。ひどい寒さだった。

「いいか、つらくてやり切れなくなったら、遠慮なく云ってくれ、一人でもそうなった場合は捜索は切り上げて帰る。分ったな」

塚村は二人に念を押してから、行動に移っていった。

武男が塚村に指示された前進方向に対して並んだ位置まで移動し終ったところで、塚村は五郎の肩を叩いて云った。

「君が、一番重要な役割だぞ」

五郎は塚村に身体の向きを指示されて滑り出した。塚村は左手首に巻きつけてある磁石の針を懐中電灯で照らしながら、時々立止って振返る五郎に、右、左の光の合図を送っていた。五郎は塚村の磁石の針が示す真南に向って移動していった。

吹雪の中の視界は限られていた。五郎の懐中電灯のあかりが見えなくなる前に、塚村はストップの合図を送った。

塚村は五郎の光を追って滑り出した。塚村の右側にいる武男は、塚村と平行位置を保ちながら前進した。

二条の光が吹雪の暗夜を流れていった。三人は時々声を合わせて叫んだ。吹雪の音がそれに答えた。

塚村は地図を持っていたが、地図は見なかった。地形の見えない暗夜の高原では地図は使いようがなかった。方向は磁針によって決定したが、距離は彼の感覚だった。スキーの速度と、時間の経過によって、おおよその距離を推定した。

彼はこのスキー場へ来るようになってから三年目であった。この付近一帯はあますところなく滑っていた。どこにどんな石があり、どの斜面の雪が固くて、どの辺にブッシュがあるか、知り切っていた。そういう知識が彼の頭の中に地図を描き、その上を滑っていた。

四十分経過した。スキーはまだ下降の方向にあった。彼の経験によって判断すると、たとえ夜間であり、間隔前進法を取ってゆっくり下降して行ったとしても平坦部に着くのに三十分あれば十分だと思った。予定の時間が経過しても、平地に達しないことが気になった。暗夜の中を吹雪に直面しての滑降は異様な感覚のものであった。スキーが下降方向に向って移動しつつあるのに、停止しているような錯覚をおぼえたり、停止しているのに下降しているような倒錯を感じた。

塚村はしばしば停止して大声を上げて叫んだ。塚村が叫ぶと、前にいる五郎も、塚村と平行して前進している武男も共に叫んだ。三分間連続して叫び、三分間は耳をすませて暗夜の応答を待った。

叫んでいる間は、遭難者を探しに来ているのだと自負心が彼等を覚醒させたが、耳をすませても、風の音以外になにものも聞こえないと、谷底に突き落されたような不安を感じた。

　五郎の行動に乱れが生じた。それまで五郎は、背後で彼を指揮する塚村の云うとおりに動いた。光の合図によって、右と云えば右、左と云えば左、前進も停止も遅滞なくやっていたが、一度雪の中で転倒してからの五郎の行動は、塚村の指示を受けて進むのではなく、五郎自身の意志のままに進んでいるように見えた。

　塚村は不安を覚えた。連続的に停止の信号を送ったが五郎は信号を見ているのか居ないのか彼の意志に従おうとしなかった。

　塚村は右側に居る武男に合図して、五郎を追った。吹雪の中に懐中電灯を見とおす距離だから、ほんの一息だったが、塚村は大変長い距離を滑ったような気がした。

「どうしたんだ五郎君」

　塚村に肩を叩かれ懐中電灯をまともに受けると五郎は夢から覚めたような顔をして云った。

「塚村さん、方向を間違えたんじゃあないですかね、もうとっくにスリバチ平に着く頃だが、まだついて居ない」

　五郎は塚村の感じた以上に時間の経過と位置を気にしているのだった。

「吹雪で先が見えない。合図をしながら滑っているから時間が意外にかかったのだ、もうすぐスリバチ平につく、方向は間違っていない……」

塚村にそう云われると五郎は一応はその説に同意を示したようだったが、一度感じた不安からは容易に逃れられないようであった。

五郎が自信を失い出したのは、吹雪のせいだと塚村は思った。異常な寒さが五郎に掣《せい》肘《ちゅう》を加えはじめたのだと思った。

塚村は武男を呼びよせた。三人寄り合って立っている周囲を吹雪が舞って、スキーの滑走条痕《シュプール》を消していった。

捜索切り上げの時期だった。

「引返すことにしよう……」

塚村は二人に云った。

「引返すんですか、スリバチ平はもう直ぐそこだ……」

せめて目標地点のスリバチ平まで行って見ようというのは武男だった。武男には塚村と平行して滑るだけの任務しかなかった。そのせいか武男は三人のうちで最も安定した精神状態にあった。武男は近くで見覚えのある石に行き当たったから、スリバチ平は目と鼻の先だと確信あり気に云った。

武男が五郎に変って先頭に立ってから間もなくスリバチ平と思われる平坦部に達した。塚村が磁石に異常を感じたのはその頃だった。磁針が動かなくなった。吹きつける雪が塚村の体温でとけて、中にしみこんだのが故障の原因であった。

塚村は最も危険な事態がやって来たことを知った。

彼は吹雪の中に直立したまま動けなくなった。凍った磁石を温めるために肌着の下に落しこんだ。つめたさが胃のあたりに穴をあけそうな痛さに感じられた。

風向が変りつつあると共に寒気が増した。吹雪をまともに受ける顔が妙にさらさらした感じだった。

塚村は懐中電灯を振って二人を呼び寄せて云った。

「ここが捜索の終点だ。俺を中心として俺の持っている懐中電灯の見える範囲を探して見ろ。居なかったら引き揚げだ」

塚村は身体をゆすぶって云った。凍った磁石は横腹に回った。横腹に氷を当てられたつめたさだった。

彼は磁石の故障のことは一言も云わなかった。云ったら最後、どういうことが起こるか彼はよく知っていた。

「畜生め、なんという吹雪だ」

塚村は鼻水をこすっていった。三人の遭難者の顔と、無理な捜索隊を出させた、雨宮虎吉の顔が浮かんだ。どの顔も痴呆の顔に思えた。

武男は突然彼の前に出現した動く岩を見て足を止めた。岩はそのまま武男の両足に抱きついた。武男は悲鳴を上げて岩の上に倒れた。岩でない証拠に、彼の体重を支えるやわらかいものがなにか云った。武男は雪の中へ投げ出した懐中電灯を拾って、その異物に当てた。

眼を吊り上げた白い顔があった。口は半ば開けていたが声が出なかった。表情のない顔だった。武男の想像していたおばけの顔だった。

おばけの顔に髪の毛がたれ下って、半ばあけた口のあたりにとどいていた。女である。

武男は立ち上がろうとしたが、足に抱きついた女は彼を容易に離そうとしなかった。彼はそのままの姿勢で、頭上に懐中電灯で輪を描いた。

五郎が現場に到着するまでに、更にひとりの女が武男のところへ雪の中を這いよっていった。男はそこから十メートルと離れていない雪洞の入口に這いつくばっていた。

濃霧の中で道を失った三人は、めくら滅法その辺を歩き回った。彼等三人が、偶然雪洞に行当ったのは運がよかった。雪洞は二日前に、冬期訓練のために、学生のパーティーが掘ったものであった。

三人は疲労困憊していた。

五郎と武男はルックザックから、魔法瓶を出して、彼等に砂糖のたっぷり入った紅茶を飲ませた。ウイスキーを加えるのを忘れなかった。紅茶は熱かった。

武男は塚村がなぜここへ来ないかに不審を抱いた。ひょっとすると、懐中電灯の信号を見なかったかも知れないと思った。

武男は雪洞の外で懐中電灯をくるくる回した。いたぞ、見つかったぞと声をかけたが、塚村は大きく頭上で光の輪を描いただけで動かなかった。武男は兄の五郎に遭難者を任して置いて塚村のところへ急いだ。

塚村はスキーを穿いたままで足の上下運動をやっていた。寒さに耐えるためだった。

「三人の凍傷の程度は……」

塚村は武男にまずそう云った。凍傷の程度を武男はまだ調べてはなかった。武男は、雪洞から這い出て救いを求めた二人の女と、雪洞の入口までしか出られなかった男のことを手短かに話して、直ぐ現場へ来て下さいと塚村を誘った。

「行けないんだ。この点は動いちゃあいけないのだ。動くと帰りの方向を失う」

塚村は武男にひどく冷たい口調で云った。どういう理由でそうなるのか武男には分らなかった。ただリーダーの塚村がそういう以上は、そうだろうと早のみこみした武男は、改めて三人を救助する処置を求めた。

「ウイスキーをまぜた紅茶を飲ませたら、すぐ口がきけたろう……なんと云った」

「女は……」

「女なんかどうでもいい、男だ、男はなんて云ったんだ」

　武男はなぜ塚村が腹を立てたようなものの云い方をするか腑に落ちなかった。まるで、遭難者を発見したことが悪いことでもしでかしたような云い方に聞こえた。

「でも、真先に口がきけたのは女です。女は、わたし助かったのねと云いました」

「女ってものはいつだってそうだ、自分のことしきゃあ考えない、第二の女もおそらくそう云ったろう、それで男は」

　塚村はいくらか落着いた声で云った。

「男はですね、塚村さん……まるで気の抜けた、きょとんとしたような顔をしていたその男は、三杯目のウイスキー紅茶を飲んだ後でこれで一晩雪洞の御厄介にならずに済んだと云いました」

「よし分った。すぐ雪洞にいって、まず女達の濡れた靴下を俺達が持って来た乾いたものに交換してやれ。おそらく食欲はないだろうが、食べられるなら食べさせた方がいい、衣類は持って来たものを全部着せてやれ、男の方の手当は一番後でいい、女達にスキーを穿かせて、君達ひとりがひとりずつザイルで引張って来い」

「男の方はどうするんです」

「放っておけ、黙っていても蹤《つ》いて来る。早くしろ、君たちの親父が上で心配しているぞ」

塚村は彼の背負っているルックザックを武男に渡しながら云った。磁石は塚村の肌に触れながら場所を変えていた。横腹から背へ回り、再び胃のあたりに戻って来たが、そのケースの真鍮とガラスの冷たさは、彼の体温となかなか同化しなかった。腹部を冷え切った金属によってぐるりと輪切りにされたような不快な感じを抱いたまま塚村は吹雪のなかに立尽していた。

塚村は磁石の構造を頭の中で拡大した。磁針の中心底部にはめこまれてある白い瑪瑙《めのう》の軸受とそれを支えるとがった軸、針の回転はその狭いギャップで行われる。針が動かないのはその間隙に水が入って凍りついたのだ。

彼の体温が磁石のケースの真鍮に伝わり、それが磁針を支える軸受けまで伝導していって氷をとかすまでの時間が、腹が立つほどもどかしかった。

彼は磁石が生死を決する最大な道具であるにもかかわらず、予備を持って来なかったことを悔いた。畜生め、畜生めと云いながら塚村はスキーを穿いたままの地団駄を踏みつづけていた。

吹雪の膜をとおしてぼんやり、見えていた明るさが動き出した。光は二つに分れて揺れた。五郎と武男が、遭難者を連れて雪洞を出たのだ。

塚村は彼の皮膚に接しながら、頑強に彼のものになることを拒否している冷たい固形物を引張り出して左手に巻いた。手首よりずっと奥の毛糸の袖の下にすばやくかくしこんでから、懐中電灯を持ちかえた。

若し磁石の故障が、凍結以外の根本的のものであれば、暖めても元通りにはならない。軸と軸受け間の凍結ならば、既に氷は解けていてよさそうな感じだった。半ばは、彼の欲求から出た希望的観測だった。

彼は磁石に光を当てた。針はぴくぴく動いていた。

「直ったか、世話を焼かしやがって……」

彼は磁石にそういって、いそいで、磁石をそでの下にかくした。今度こそ、磁石を濡らしたらとんでもないことになる。

ほっとすると同時に彼は時間が気になった。右手の腕に巻いている腕時計に光を当てて見ると、腕時計がなかった。左手に巻いていた磁石に水が入って凍ったことに気がついた時、彼は右手の腕時計の方も、同じ目に遭わせたくない考慮から、はずしてポケットに入れたことを思い出した。探してもなかった。確かに入れた筈の時計がそこにはなかった。

念のため足下の雪の上を探したが見当らなかった。彼にとってはたった一つの戦争の記念品だった。彼と共に太平洋の上空を飛んだ思い出の時計が忽然と消えたことが彼の心を痛めた。

彼は眼を吹雪の中へ投げて近づいて来る光を待った。

五郎と武男は塚村に云われたとおりに、ザイルで女を引張っていた。ヨチヨチした歩き方だったが、自らの身体を自らで処理するだけの力は残っていた。

塚村は百八十度方向を変えて、磁針の示す北の方向へ五郎と武男を並んで進ませた。

「おい五郎君、武男君、歩けないやつは雪の中へ放り出して行くんだ。こういう場合はそれしかしようがない」

塚村は同じことを何度も云った。二人の女と、男の耳に入るように云ってやった。放り出すつもりはなかったが、こうでもして気を引き立てないと、本当の二重遭難にでもなりそうな予感がした。

五郎と武男の二組は並行したままゆるい傾斜を北に向って移動して行った。

「さっさとあの後を蹤いていくんだ」

塚村は彼の傍に立ったまま動こうとしない男に云った。男がなにか云ったがよく聞こえなかった。塚村に早く行けと再度云われた男は、

「ザイルで引張っていただけないでしょうか」

と蚊のような細い声を出して云った。

「ザイルなんかない」

「あなたのザックに入っています……僕はもうこれ以上動けません」

男は塚村のザックの中にザイルのあることを見ていた。塚村のルックザックが再び彼

の背に戻った時に、男は、そのルックの中のザイルで、女たちと同様引っぱって貰えると思っているらしかった。

「貴様を引っぱってやるザイルはない。自分で動けなければ、もう一度雪洞まで送ってやろう。雪洞で朝まで待ったらどうだ」

塚村は男の顔に光を当てた。男は顔をゆがめて光をよけた。男の表情の中に塚村を憎悪しているかげが動いていた。

意志があれば力はあると塚村は男を評価した。彼は男を捨てた。少なくとも、その男には、捨てられたように見える動作で、前へ行く五郎と武男にひかりの信号を送って、北へ北へと誘導した。

五郎と武男の組は速度は遅いがほとんど並行して進んでいった。

(女って者は競走馬みたようなものだ、面を並べれば、いつだって競争したがる)

塚村はふと念頭に浮かんだ、二頭の競走馬と遭難者の二人の女の引合せの着想に微笑した。そうさせるつもりではなかったが、そうなっていく成り行きが、面白かった。

(こいつらは恐怖で参ったんだ、光を見せて、助かる見込みがついた以上、まず途中で参ることはあるまい)

塚村は救助の成功を確信した。

見捨てられた男は、あきらめたように、先行する五郎と武男の光の後をしばらくは追っていったが、二、三度雪の中へ転ぶと、もう精も根も尽き果てたようだった。

それでも塚村が、倒れている彼に懐中電灯の光を投げたまま無言で通り過ぎると、起き上がって彼の後を追った。男は五郎と武男の光と、塚村の光の中間をくたびれ果てた恰好で動いていた。

塚村の感覚で帰路の三分の二を過ぎたと思う頃から、男は更に速度を落した。塚村から遅れた距離は増して行った。塚村は背後にいるその男の挙動はよく見ていた。男に援助の手を延べねばならない時が来たように感じた。

彼は前方の五郎と武男に止れの信号を送ってから引返した。

男は雪の中に倒れていた。

「おい、死んじまうぞ」

懐中電灯を当てて云うと男は、

「眠いんだ……」

と小さい声で云った。

塚村はルックザックからザイルを出して男の腰に結んでやりながらもう直ぐそこが、スキーリフトだから頑張れと云ってやった。その言葉が効果を現わしたのか、男は雪の中から起き上って闇をすかして前を見た。放心したような眼をしていた。塚村は男の横面を力一杯張り飛ばして云った。

「おい、ローテイションてなんのことだかもう一遍云って見ろ」

男は不意打の横びんたに夢から覚めたような顔をした。塚村は更にもう一打を浴びせてから同じことを繰返して、懐中電灯の光で、自分自身の顔と、腕に巻いたスキー技術指導員の腕章を男に見せてやった。男は初めて相手が誰であったかを思い出したようだった。

「やい云って見ろ……」

「ローテイションというのは回転方向に上体をふり込んでいく走法です」

男はややもつれる口調で塚村に答えた。

「ようし、それでいい、その言葉を口の中で念仏のように繰返して歩くんだ」

塚村は男の腰につないだザイルを自分の腰につけて歩き出した。

前方に五郎と武男の懐中電灯とは別な光を発見して塚村はぞっとした。幻視を見ているのではないが幻視のようにぼんやりした大きな明るさを持っていた。腕の磁石にひかりを当てて見ると方向は北であった。

近づくに従って光はその大きさを増していった。人の声が聞こえた。

帰りの遅い救助隊を心配して、雨宮虎吉と多市がスキーリフトの終着点で、かがり火を焚いていたのである。

塚村銀平の人命救助はこれで三度目であった。一度は夏山で霧に巻かれて死にかけた二人連れの男を救助した。一度は岩場で負傷した男を危険を冒して救助した。何れの場合も、救助された男からはその後なんの音沙汰もなかった。

塚村はおそらくこの三人の遭難者も、前の例と同じように、東京へ帰れば、そのままになるだろうと思っていた。その方がさっぱりしていて、彼の気持には合っていた。

一週間もたってから、塚村あてに遭難者三名の名で礼状と小さな包が送られて来た。礼状の末尾に貴方をスリーエススキークラブの名誉会員に推薦したいと書いてあった。

塚村は手紙を丸めてストーブにくべてから包を開いた。薄手の相当高級品の腕時計だった。

塚村銀平は時計を腕に巻いて、しばらく見詰めていたが、

「こいつは俺のような山男にはむかない、こんなに薄くちゃあ、汗が竜頭から入るし、解けた雪が……」

あとは云わなかった。腕に巻いた磁石に水が入ってとんでもない失敗を起こしそうになったことと思い合わせて、この薄手の高級腕時計をどう始末していいかと考えていた。

冬山の掟

東京地方全般にわたって冷たい雨が降り出したのは昼ごろからだった。

池石恒子は雨の音を聞くと、直ぐ庭へ出た。雲が低くたれこみ、視界全体が暗かった。氷のつぶのように冷たい雨だった。

(山は寒いだろう)

彼女はひとり息子の池石昇平が出掛けて行った八ガ岳を思った。

(冬山だから、寒いにきまっているさ、勿論、吹雪に出会わすことも考えられるけれど母さん、完全な装備さえしていたら、遭難するようなことはない)

恒子は息子の云った言葉を思い出しながら、吹雪の中を大きなルックザックを背負って歩いていく息子の姿を想像した。同行するものは、大学山岳部に属する十名であったが、恒子の頭に浮んで来るのは、たった一人で吹雪の中を歩いている自分の息子の姿であった。

「大丈夫だよ、あの子は」

彼女は声に出して、自分の不安を打消そうとした。物干竿にかかっている洗濯物が眼についた。彼女は息子のことを心配するあまり、つい取り込むのを忘れたことを悔《く》いながら、物干竿に手を延ばした。右肩のつけ根の筋が急につったような痛みを感じた。彼女は左手で右肩を揉《も》みながら、息子の昇平が、彼女の肩を揉んでくれたことを思い出した。一度も肩を揉みましょうなどと云ったことのない昇平が、恒子の背後に坐ったとき、彼女は、

〈御機嫌を取ったって、母さんはお前を八ヶ岳へはやりませんよ〉

と云ってやった。

〈いいよ、いかない。母さんがどうしても反対なら僕はやめる〉

昇平はそう云って、肩を揉み出した。それからは二人共無言だった。恒子の方では、何か話題を探して話しかけても、昇平は生はんかな返事しかしなかった。山へは行かないと云っていながら、昇平の心は山へ向っていた。こういうことはもう何度かあった。このままのかたちで、母と子が幾日も幾日も無言で暮すことは恒子にはたえられなかった。昇平の希望通り山へ行くのを許してやれば、昇平はまるで幼児のように、恒子に抱きついたりして喜ぶのだ。

沈黙の戦いはいつも母の恒子が負けだったが、今度は負けたくなかった。冬の八ヶ岳、彼女は八ヶ岳を知らないけれど、なにかそこへ昇平を出してやるのは不安だった。

〈母さん、僕、山をやめようと思っている……〉

そうかえ、と云って恒子は黙っていた。その手にはもう何度も引ッ懸っていた。今度で山登りはやめる、今度だけ、ねえ今度だけ、そう云われて許したことが何度あったか分らない。

母と子は二日間無言で暮して、結局、恒子は負けた。

恒子は急に痛み出した肩を押えながら、電話機を取ってダイヤル一七七番を回した。テープに吹き込まれた女の声で、東京地方の天気予報が知らされた。彼女の知りたいのは東京地方の天気予報ではなく、八ヶ岳付近の天気だった。

彼女は気象庁の天気相談所へ電話をかけた。急に降り出した雨の問い合せに電話が混んでいるためか通じなかった。彼女は天気相談所の所在地を電話帳で調べてから外出の支度をした。

天気相談所では数人の所員が電話の応対や、訪問者に対する天気の説明でいそがしく立ち回っていて、池石恒子に眼を向ける者はなかった。彼女は待った。八ヶ岳、八ヶ岳と云う言葉が聞えた。一人の紳士が天気相談所の所員に向って熱心に八ヶ岳の天気状況を質問していた。

黒板に大きな天気図が書いてあった。所員は黒板をゆびさして説明していた。紳士のとなりに若い女が並んで立って、所員の説明を聞いていた。

「八ヶ岳付近では今日の昼頃から明朝にかけて、相当な降雪があるでしょう、明朝は晴れます。それからしばらく天気が続くでしょうね」

「大丈夫でしょうかしら」

恒子が突然口を出した。所員は説明するのをやめて、恒子の顔を見た。

「わたしの子供が八ヶ岳へ出かけているのです」

恒子が言葉をつけ加えた。

「さあ、十分な装備を持って、小屋にでも入っておれば……」

「大丈夫ですわね」

恒子は天気相談所員に大丈夫だと云わせたかった。そうでも云って貰わないと、気持が落ちつけなかった。

「大丈夫ですよ奥さん、わたしのせがれも八ヶ岳へ出かけたのです。急に天気が悪くなったから、心配して来たけれど……」

浦野正一郎は、結局心配してもどうにもならないのだと云おうとして、口を慎んだ。

「信ずる以外に方法はないのよ、兄は絶対に遭難しない、山では死なないと信じて待つよりほかにしようがありませんもの」

池石恒子と浦野正一郎はそういう女の方へ眼をやった。彼女は一見して女子大学生らしい服装をしていた。

「山から兄が帰ったら一緒に故郷へ帰ることになっています」

織井マキは恒子と正一郎の二人に、なんとなく自分の立場を説明した。

三人は肩を並べて、天気相談所の門を出た。雨はいよいよ強くなり、それに風が出ていた。午後四時半だというのに、もう暗かった。

「山は大変な吹雪にちがいない」

織井マキが云った。

「寒くてつらいだろうな」

浦野正一郎がつぶやいた。

「なぜ、そんな苦労をしに山なんかへ出掛けるのでしょう」

恒子が云った。

「分らないことだわ、本人たちにだってわかりっこないことなんだわ」

織井マキはそう云って、兄の名前と大学の名を云った。

浦野正一郎と池石恒子は、危うく声を上げるところだった。

「十人のパーティーのうち、三人の家族だけが偶然に落ち合ったということになるのですね」

浦野正一郎が神妙な顔をして云った。

「ほんとに、なにかの御縁ですわ」

恒子はそう云っておいて、とんでもないことを云ってしまったというような顔をした。ここにいる三人が偶然結ばれたなにかの縁が、いいことであってくれればいいが、もしそれが……恒子は軽い咳をした。

咳でごまかしながら、彼女の云った、なにかの縁という言葉を、浦野正一郎も、織井マキも気にしているのではないかと思った。

池石昇平は懐中電灯の光を足もとに当てた。来たときの足跡は吹雪に消されていた。彼はリーダーとしての責任をその時ほど深刻に考えたことはない。

池石昇平は大きなルックザックを背負って、彼の後からついて来る浦野正雄と織井章の二人の隊員のリーダーでもあり、硫黄岳石室《いしむろ》小屋に待っている七名の隊員のリーダーでもあった。

浦野正雄も織井章も疲労している。このまま二人を従えて、石室小屋まで行くのは相当な危険を覚悟しなければならない。なるべくならば二人を連れて、夏沢峠のやまびこ荘へ引き返したかった。やまびこ荘で一晩あかして、翌朝早く硫黄岳へ登ればいい。

（それで三人はことなくすむ、だが、石室小屋に残された一人の病人と六人の隊員は……）

予定の時刻になっても帰らない三人を探しに、石室小屋から幾人かの隊員が外へ出るだろう。その隊員が果して無事であり得るかどうか。一歩小屋から外へ出たら、吹雪の中で方向を見失ってしまうかもしれない。池石は、小屋に残された隊員の一人一人の顔を思いうかべてみた。どの顔も、冬山の吹雪には自信のない顔をしていた。

池石は懐中電灯の光を、彼に続く二人に当てた。雪のかたまりが動いているように、浦野正雄と織井章の二人は雪にまびれていた。十人でラッセルして行った跡は、午後からの吹雪でほとんど消えていた。三歩登って一歩は滑り下りるというようなたよりのない歩行の仕方だった。

二人は無意識に歩いていた。リーダーが前に居るから、その後を続ければよい。それだけしか念頭にはないようだった。

池石は二人の隊員の肩を叩いて、そこへとめて、吹雪が大分激しいから、夏沢峠のやまびこ荘へ引き返そうかと云った。

「引き返すんですか、あの無人小屋へ」

浦野が云った。

「もうすぐそこが頂上ですよ、そこまで行ったら、石室小屋はすぐです」

織井が云った。もう三十分も歩けば、急な登り道は終る。そこからはゆるい登りの道だった。

やまびこ荘へ引き返すにしても、そのまま登って、石室小屋へ行くにしても、時間的にそう大差はなかった。

問題は吹雪であった。なだらかな、広い山頂を持つ硫黄岳に出た場合、風に吹きさらされることは考えねばならなかった。

池石は耳をすませて、風の音を聞いた。風は山全体で鳴っていた。これ以上強くなるとは考えられない。ほぼ一定した風速のように考えられた。

登ろうか、登るのはやめて、夏沢峠へ引き返そうかと、彼は決断に迷った。彼は呼吸《いき》の調子を整えながら、この決定一つが、自分達十名のパーティーに最も重大な結果を与えるだろうと思っていた。

「杉君の熱はどうかな……」

風が一呼吸《ひといき》ついた折に、浦野が織井に話しかけた。

「さあ、ここは山だからな……」

織井が気のない返事をした。

池石はその二人の会話を耳にはさんだ瞬間前進することに決心した。

池石をリーダーとする十名はその日の朝八時に本沢鉱泉を出発し、夏沢峠へ荷物の半分ほどおろしてから、硫黄岳石室小屋へ向った。目的は南八ヶ岳縦走の計画だった。杉清四郎が発熱していることに気がついたのは石室小屋についてからであった。杉は風邪を秘して、一行に加わっていた。発熱した杉は寝袋の中へ入ったままで、寒さにがつがつ歯をかみならしていた。

池石が、夏沢峠のやまびこ荘においてある荷物とその中にある薬を取りに行くといい出したのは、午後になって杉の容態が悪化したからだった。このまま放っては置けぬと判断したからだった。時計は午後の三時を回っていた。

「これから夏沢峠へ……」

外は雪が散らついていた。吹雪にはなっていなかった。

(冬山では午後になって新しい行動を起こすな)

そういう登山家たちのルールにそむくことであった。隊員のほとんどは池石の出発を心配していた。

「そうだ、もう午後の三時を過ぎている、しかし杉をこのままにしては置けない。薬が必要だ」

池石は下山の用意をしながら隊員に云った。燃料と、食糧、防寒具、それに医療品がやまびこ荘においてあった。天気が本格的にくずれ出して、石室小屋に閉じこめられて一歩も出られなくなった時を考えると、まず第一に危険にさらされるのは杉だった。池石は十分と云えないまでも、杉には温かいものを着せ、あついものを食べさせてやりたかった。薬も飲ませたかった。それはやまびこ荘に置いてある荷物の中にあった。

池石は彼と共に夏沢峠へ荷をとりにいく隊員を特に指定しなかった。みんな疲れた顔をしていた。行こうと云い出すものがなければ、彼は一人でもいいと思った。同行しようといい出したのは浦野が先だった。浦野は、俺も行くから君もと、浦野と最も親しい織井を誘った。

前進と決心してからの池石はやや歩調を早めていた。帰りの時間が予定よりおくれたために、隊員たちが三人を探しに小屋から出て、かえって吹雪のとりこになる可能性を考慮した。

池石はたとえ吹雪の中であっても、石室小屋へ行ける自信があった。三人は急傾斜の登山路を、硫黄岳目がけて登っていった。昼の間に十人でラッセルした道が吹雪のために、かくされていた。そういう場所に来ると三人は立ち止って、踏み跡を探さなければならなかった。彼等三人は強風の中へ出た。左前方の爆裂火口壁を吹き上げて来る風の音がすさまじかった。そこからはもう登り道はなかった。真正面から吹きつけてくる雪をまじえた南風の強風だった。眼も明けていられないし、立ってもいられない程の猛吹雪であった。

池石は、石室小屋を出発して、夏沢峠までの一往復の間に、これほど天候が悪化しているとは考えていなかった。踏み跡は探しようもなかった。強風のために、雪が吹きはらわれて、氷盤になっていた。池石は彼の経験による方法を取って、石室小屋への道を見出そうとした。地図と磁石、それだけが頼りだった。彼は浦野と織井にそれぞれ懐中電灯を持たせて先に立たせ、池石自身は背後から、地図と磁石で進行方向を決めて、懐中電灯で二人に合図しながら前進するつもりでいた。

この方法は静かな夜には有効であった。霧の中でも、正しくこの方法を行えば、大きな失策はしないですんだ。

しかし、猛吹雪の中では、この方法は全然用をなさなかった。吹雪で、懐中電灯のあかりは遠くまでとどかなかった。光の信号をするにしても、眼があけられなかった。声もとどかなかった。立っていることも出来なかった。三人のできることといえば、池石の腕にまいている磁石とカンに頼って、背を低くして雪の上を這うようにして進むより方法はなかった。

背中の荷物が風の抵抗を受けて重かった。彼等は寄り合って前進しながら、そのうち、ばったり、石室小屋に出会わすことの偶然性にたより切っていた。

強風のために体温が奪われていった。ものすごい寒気だった。手足の感覚が失われ出して行くと共に、歩いているのか、止っているのか、自分自身でわからなくなってくる。

織井が強風に吹きとばされて、氷盤の上に転倒した。織井はどうやら起き上りはしたが、首にかけた紐がはずれて、雪の上に落ちた懐中電灯が拾えなかった。

(手が凍傷にやられかけている)

池石は大変なことになりかけている自分たち三人の運命を知った。池石自身も、急速に手足の感覚が失われようとしていた。

三人は岩かげにしばらく風をよけた。こうなった以上、一刻も早く石室小屋を発見しないと、全員凍傷の危険があった。

(荷物をそこへおいて小屋を探そうか)

池石はそれを考えた。しかしその方法も、石室小屋の所在がはっきり摑めぬ以上きわめて危険であった。

(荷物の中から寝袋を出してそれにくるまって夜明けまで待つ)

それも一つの方法だった。いずれにしても危険であった。

彼等は硫黄岳の頂上付近にいたが、爆裂火口に落ちこむことを意識的に警戒したために、石室小屋への方向とはかなり違ったところを歩いていた。彼等は現在位置を見失っていた。それに気付いたときに彼等はもはや普通の状態ではなかった。

「さあもう少しだ、行こうぜ」

池石はその言葉が気休めでしかないことを知りながら云った。こうしてはおられなかった。取り敢えずの避難場所を探さねばならなかった。

「肩をもんでおくれ」

浦野が突然おかしなことを云った。浦野が云ったように聞こえたが、それは浦野の声ではなく、母の恒子の声のようでもあった。池石はぎょっとして、浦野の肩にかけようとしていた手を引いた。確かに幻聴を聞いたのだ。池石は遭難者が必ず耳にする幻聴のことは知っていた。それが今、自分の耳に聞こえているのだ。彼は首を振った。母の声は聞こえなくなり、吹雪の音が聞こえた。

「さあ出発だぞ、織井」

池石は織井の肩をゆさぶった。返事はなかった。いくら呼んでも立とうとする気配がなかった。

そこは雪洞を掘るほど雪は深くはなかった。雪があったとしても、雪を掘る道具を三人は持ってはいなかった。

この場合、三人の出来得る唯一つのことは、比較的風当りの少ない、岩かげに退避して、寝袋の中に入って、朝を待つことだった。動けば更に危険は増すように思われた。

「お母さん、肩をもみましょうか」

池石恒子はたしかに息子の昇平の声を聞いた。彼女は起き上って、電灯をつけ、そばに寝ている夫を起こした。

「どうしたんだ」

「昇平の声がするんです、私の肩をもみましょうと云ったんです」

気のせいだよ、昇平のことは心配するな、と夫に云われても恒子はすぐ、床には入らなかった。恒子は寝巻の上に羽織を引っかけて床の上に静座していた。

その夜、浦野正一郎は眼がさえて眠れなかった。強いて眠ろうとすれば、息子の正雄の顔が浮ぶ。浦野正一郎は便所に立ったついでに、応接間に入った。応接間の一隅に息子の勉強机がある。浦野正一郎は、なんの気もなく、息子の机の上においてある山岳写真集を手に取ってぱらぱらとめくった。一枚の紙片がはさみ込んであった。

（今度は無事に帰っては来られないような気がする、誰にも云えないことだが、冬の八ガ岳行きの計画が僕等の山岳部で検討されるようになってから、この気持は自分につきまとってはなれない。それでも僕は行かねばならない。行きたいんだ）

浦野正一郎はその紙片を持って声をふるわせて云った。

「これは遺書と同じだ……」

風が雨戸をならして行く。雨は止み、風は北に変っていた。

「いいか、眠ると死ぬぞ、ほんとうにそのまま死んでしまうんだぞ」

池石はその言葉をくり返していた。三人の荷物の中にテントはあったが、風が強くて張ることは不可能であった。彼等はようやく発見した岩かげを利用して、着れるだけのものを着、寝袋に入り、テントをかぶって風をよけ、互いに身体をぶっつけあいながら、朝まで眠らないように努力しようとした。風速は強くなる一方だった。風は三人から奪えるだけの熱を奪い去ろうとした。奪われた熱を補給するには、なにか食べるか、火をたいて暖を取る以外に方法はなかった。

彼等は食糧を持っていたが、過度の疲労のために食欲を失っていた。燃料も持っていたが、暴風雪の山巓《さんてん》ではそれを使いようがなかった。熱量はエネルギーとして、固形のかたちで、或いは液体のかたちで、彼等のそばにころがっていた。

「眠るな、眠ると死ぬぞ」

池石は寝袋から手を出して、彼の隣りの織井の頭をゆすぶった。

「眠るものか、雪が眼に入るから眼をつむっているだけだ」

テントをかぶっていても、雪はすき間から吹き込んで来た。さらさらした砂のような雪だった。

「眼をあけていろ、眼をつむると眠くなるからあけていろ」

織井は池石に云われたとおりに眼をあけた。

「外が明るいようだぜ」

織井が云った。外が明るいはずはないし、明るいとしても、テントをかぶっている彼等には外のあかるさが見えるわけがない。しかし織井は外が明るい、誰かがむかえに来ているのだと云った。

(織井は幻視をみているのだ)

池石はそう思ったが、念のため、引っかぶっているテントから三人の顔だけを外に出した。灯はない。猛烈な暴風雪だった。

「たしかにあかりが見えたが……」

織井の声は風に吹きとばされて行った。


織井マキは隣室の気配で眼を覚ました。風が雨戸を叩いていた。彼女は兄の章と二人で二間続きの二階を借りていた。兄の部屋に電灯がついていた。多分兄が便所にでも行くために電灯をつけたのだな、と思った。そう思って眼をつむったが、すぐ背筋に冷たいものを感じた。兄は八ヶ岳へ行っていない。ドロボウかしら。彼女は耳をすませたが人の気配はない。兄の部屋の電灯のスイッチは完全に切ってなくて、なにかのはずみでついたものと考えられた。

織井マキは兄の部屋の椅子に腰をおろした。夜明けに近づきつつあった。ひどく寒かったが、再び寝床に入る気にはなれなかった。

(兄さんの身になにか……)

彼女はその予感がはずれてくれるように祈った。


「俺は親不孝の子供だよ」

浦野が突然妙なことを云った。寒さとの戦いの真最中だった。親孝行も不孝もなかった。互いに相手を殴打しながら、夜明けの寒さに勝ち抜こうとすることだけで三人は精一杯だった。

眠るまいとすること以外に考える余裕はないはずだった。

既に寒気は下半身をおかしていた。足にはもう感覚がなかった。もものつけねのあたりにわずかながら凍痛を感じていた。

池石は浦野がとうとう精神錯乱を起こしたのかと思った。遭難者が見舞われる幻視、幻聴、その次のものに浦野はおそわれ始めたのではないかと思った。

「浦野、おい、どうしたんだ」

「どうもしないさ、ただおやじにうそをついて山へ出て来たことを後悔しているだけだ。丹沢山へ行くと云って家を出てから、新宿で、八ヶ岳行のことを葉書で知らせた……」

「どっちみち、山へ来る者は全部が全部親不孝ものなんだ」

池石が云った。

「妹のマキのやつが……」

織井が口を出した。

「そうだ君は妹さんがいるんだな」

池石が織井の方に顔をむけた。

「マキのやつは僕が山から帰るまで幾晩も眠らないで待っている……」

三人の会話はそれでとだえた。それまで三人の私事を、耳をすませて聞いていた山が、突然咆哮《ほうこう》した。

「風が北に変った。朝までにははれるぞ」

池石が云った。寒さのために、下半身がすでに常態ではなくなっているのに、いまだに頭がすみ切っているのを池石は不思議のことのように考えた。多分浦野も織井も同じように、妙にさえ切った頭で、色々のことを考えているにちがいないと思った。

何時間もの間、絶え間なく襲って来た睡魔は、どこへ去ったのか、眠いとは思わなかった。執拗について来ようとしていた幻視と幻聴はどこへ行ってしまったのだろうか。

池石は死を考えた。死の瞬間に頭が冴《さ》えるという話は何度か聞いたことがあった。池石は恐怖を言葉に替えて二人に向って怒鳴った。返事はなかった。なぐっても反応はない。

池石は、突然返答のなくなった二人の身体をゆすぶるために、身を起こそうとした。その気はあったが、身体は動かなかった。彼の肉体は半ばその機能を失っていた。

返事のない友人をそばにおいて、池石は恐怖に身をふるわせていた。死を眼前にひかえながら、頭脳だけが冴え切っていることが池石にはかえって苦痛だった。

彼は浦野と織井の二人が一足お先にあの世へ旅立ったことをはっきりと知った。そしてその責任はリーダーとしての自分が負うべきことを痛感していた。

彼は石室小屋にいる七人の山岳部員にリーダーとして、なにか一言書き残しておきたいと思った。彼はポケットのノートをさがした。ノートに鉛筆で書き残すことを頭の中で整理した。

一、冬山ではいかなることがあっても、午後に行動を起こしてはならない。

彼はノートにそう書きたかった。鉛筆はあったが、彼の凍えた手で持つことはできなかった。

二人を死に至らしめた責任は自分にあり、その原因は冬山の掟《おきて》を無視して午後三時過ぎに行動を起こしたことにあるのだと、池石は書き残したかった。発熱している杉清四郎のために、無理な行動を起こしたのだと弁解するつもりはなかった。

彼は書こうとしていた。風の音が遠くなり、身体全体が、ごくわずかずつ自由にされていく感じだった。彼は心で鉛筆を握り、心に記録を残した。そして彼の最も大切な仕事を終った解放感で心の腕時計を見た。朝の五時三分前だった。

「昇平肩をもんでおくれ」

母の声がした。もうすることはなにもなくなった池石昇平は、よろこんで母の要求を受けた。

「お母さん肩をもみましょう」

寝床の上に静座したままで朝をむかえた池石恒子は、坐ったままで、ほんの一、二分眠った。昇平の声を聞いたのはその時だった。

「昇平が……昇平が、私の肩を……」

恒子はけたたましい声を上げて、眠っている夫の眼をさました。

「あの子は、あの子はきっと今頃……」

恒子はあとが云えなかった。柱時計が五つ鳴った。

八ガ岳、硫黄岳黒岩付近で池石昇平等三名が息を引き取った時刻であった。

遺書

芳村一彦はひとりではなかった。彼のそばには、五日前に赤岳と中岳の中間のコルで凍死したはずの八田文治が坐っていた。

八田文治は例の人の顔をじっと見詰めるような山男特有の親愛に満ちた眼で芳村一彦に、この赤岳石室でじっとして吹雪のやむのを待っておれば、やがて救助隊が来るのだといった。いかにも分別臭い、まるで五つも六つも上の兄のようないい方だった。

芳村一彦には八田文治の妙に落着き払った態度が解せなかった。この緊急の場に故意に沈着を見せようとするのか、それとも死の一歩手前にいる自分に安心感を与えようとするための作意か、そのいずれであっても、八田文治の饒舌《じようぜつ》は芳村一彦には邪魔だった。

「眠いんだ、ちょっとでいいから眠らせてくれ」

芳村一彦は八田文治にいった。

「馬鹿野郎、こんなところで眠ってみろ、死んじまうぞ」

八田文治がかっと眼を見開いていった。睨んでいる眼がそのまま固着した。死んだ眼だったが、光は生きていた。憎悪の光芒が、凍結した針金の束になって、芳村を刺そうとしていた。

芳村は光を見た。小屋の入口からさし込んで来る朝日が彼を現実に帰らせた。誰もいなかった。死に切れない自分という死骸が、雪の上に、横たわっていた。

（一日生き延びた）

芳村一彦は朝日に向ってそういいたかった。一日よけい生きたことがむしろ悲しみであった。なぜ死ねないのか、八田文治のように、なぜ綺麗に、思い切りよく死ねないのか、芳村は死ねない自分を嫌悪した。

中岳のコルで死んだ八田文治の冷たい死骸を抱きしめた時から、三日までは知っていた。その後二日たったのか三日たったのか、記憶ははっきりしていなかった。

芳村一彦にとっては、現実にもどって寒気と飢えに苦しむより、幻視と幻聴の世界を彷徨《ほうこう》していた方が肉体的にはずっと楽だった。だが、朝の光と共に、芳村のかたわらにいた八田文治の声と姿が消えると、彼は恐るべき本能と戦わねばならなかった。

水が欲しかった。

雪はいくらでもあったが、水が欲しかった。湯でなくてもいいから水を腹一杯飲みたかった。一粒の米も、一かけらのパンもない彼にとって、望み得る最大なものは水だった。水だけ飲んでいれば、一週間は生きられるという打算からではなく、本能の命ずるままに彼は水を求めた。

芳村一彦は枕もとに置いてある飯盒《はんごう》を持つと、這いながら小屋の外へ出て行った。すでに足の先に感覚はなかった。動くと、感覚のない部分とそうでない境い目が切断されるように痛かった。足の大部分は死んでいなかったが、自分のものとは思えないほどたよりなくくっついていた。

空は綺麗に晴れていた。風は強くはなかった。彼は飯盒に雪をすくい取りながら、八ガ岳の気象が一時的にでも安定を得たことについて漠然と考えていた。

まぶしくて眼は開けられなかった。光の中にほうり出されたように目眩《めま》いがした。彼は雪の入った飯盒に手を掛けた。飯盒にほんの一しずくであったが雪が解けてしずくになっていた。

そのあるかなしかの小水滴を彼は飲みたいと思った。全く突然彼は、チンダルのアルプス登攀記《とうはんき》を思い出した。

チンダルがビンに雪を入れて岩の間に置いたのが、太陽の輻射を受けて水になったという一節であった。

事実、彼の持っている飯盒は使い古して、うすぎたなくよごれていて、全体的には黒かった。

彼は雪を飯盒の底に入れて、日に当てておいた。数日間幻視と幻聴に悩まされつづけている自分が、瞬間的にでも現実にかえり、しかも、このような知恵の働くことが奇妙だった。

彼は自分を信じなかった。知恵も凍っているはずだから、多分自分のしていることは夢の中の一こまに過ぎないような気がした。

彼は再び彼のベッドに帰った。彼が幾日か寝たベッドの敷物の地図と新聞紙と予備のズボンはかちかちに凍っていた。

彼は足にマフラーを巻きつけ、外套と毛布を着た。こうして寝て待つより方法はなかった。手を延ばせば一摑みの雪を口に入れることができるけれども我慢した。水ができるまで待とうという気持と、最後に口にするものは、綺麗であって欲しかった。小屋の中のよごれた雪は食べたくなかった。

眼をつむった。こうすれば、必ず風の音や、人の声や、それ等の物音とは全然ちがったかたちで、死んだ八田文治のささやきが聞こえてくるのだ。

それはもう幾日も連続して経験したことで、おそろしいことではなかった。ただ、芳村一彦にとって不満に感ずるのは、死んだ八田文治が、なぜ自分を責めないかということだった。

(俺を殺したのはリーダーのお前だぞ)

八田文治がそれをいってくれないことが、芳村には、本当に八田に捨て去られたように苦しかった。

眠れなかった。不思議にその日にかぎって、芳村一彦の頭は冴えていた。期待していた、幻視も幻聴も聞こえず、頭はさっき見た空のように澄み切っていた。

芳村一彦は、この異常を、いよいよ死の訪れる前の兆候だと解釈した。これを最後として、いよいよ人生とお別れするのだと考えて少しも変ではなかった。一口水を飲んで死にたい、それが彼にとって最大ののぞみだった。

彼は待った。時間の経過が、やがて水を作ってくれる、それまでは、眠ってはならない、眠ったら死ぬ。

しかし、芳村は眠った。眠ったのか、精神の混迷《こんめい》に入ったのか、判断はつかなかったが彼は母の顔を見た。彼の母は一言もいわず彼を見詰めていた。悲しんでいる顔でもない、叱っている顔でもない、ただ、じっと彼を見守っている、包むようにやさしい眼ざしだった。

その時間は彼にとって、この数日の間、最も安らかな眠りの時間だった。そのまま永遠に眠ってしまっても悔いのない時間だった。

音がした。母と彼の間を怒濤がおしよせて引きさいていく音だった。彼は眼を覚ました。耳鳴りが続いていた。外部からの音ではなく、彼自身の耳の中で鳴りつづける、間隔を置いて、反復する音だった。死がそこまで来て、足ぶみをしている音だった。

水が欲しかった。死ぬ前に一杯でいいから水を欲しかった。彼はそう多くのことを期待しなかったが、飯盒に入れておいた雪がとけていてくれることを望みながら、小屋の外へ這っていった。

飯盒の底に水がたまっていた。

水は芳村の咽喉《のど》を鳴らし、身体の奥深く浸みこんでいった。水を受け入れる彼の体内の共鳴は彼を打倒するように強烈であった。彼は身を震わせてそれに応じた。幾つもの欲望が同時に彼を責めた。食物、暖気、救助隊、それらのものに混って、彼の全体を押えたのは、やはり死の誘惑だった。八田を殺して自分だけが生きるべきではないという、彼の良心がすべてのものを圧伏した。

遺書《いしょ》、芳村一彦はこの思いつきを抱きしめたまま、小屋に這いもどると、ノートと鉛筆を取り出した。

指で鉛筆を持つことはできなかった。握ることはどうやらできた。

「八田、許してくれ。あの時俺が君のいうとおりに引返していたら……」

そう書くつもりだったが、書けなかった。十日間の記録は長すぎて凍った手で書くことは不可能だった。

芳村は、八田文治の死んだ位置をはっきり記した。こうしておけば、自分の死体とともに八田の死体も発見されるだろうと思った。その他になにか書かねばならなかった。

山で死ぬ山男としての義務として、なにか書かねばならないような気がした。手は動かないが、頭は働いた。彼は頭の中に書いた文章の要点を紙の上に書いた。

「装備の不足が吾々を死に至らしめたものである……」

冬山に入るのに、シュラーフを持って来ないような準備の不足が敗北の主なる原因であり、コースの研究の不足、リーダーとしての自分の処置の不適当が、このような遭難を起したのであるという意味のことを書いた。

書き終ったが、読みかえす力はなかった。重い気持だった。遺書を書いたが、さっぱりした気持にはなれなかった。なにか自分は大きな虚偽を働いているような気がしてならなかった。

身体全体が暗い穴の中へ引きずり込まれていきそうにだるかった。頭の中で水の流れる音が聞こえた。風の音が聞こえる。

男たちの笑い声が聞こえた。知っている顔もあった。知らない顔もあったが、一人残らず山男たちの顔であった。彼等は芳村一彦の遺書の掲載された、ある山岳雑誌を手に取って笑っていた。

「芳村という奴はばかな奴だ、わざわざ装具の不備を遺書に書かないでも彼等の死に方を見れば分り切ったことだ」

一人の男がいった。

「なんか書きたかったのよ。山で死ぬ人はそうしたがるものなのよ」

そういった女の顔は見えなかった。声だけだったが針を含んだ声だった。

芳村は眼を見開いて嘲笑に応えた。小屋の中は静かだった。幻視も幻聴も消えていた。

彼はノートに書いた遺書を歯で食い破った。空間に見たり聞いたりしたことは真実だと思った。すべては遺書に書き残さないでも分ることだった。

敗北の記録が八田文治を死にいたらしめたいいわけと取られること以上に、山男の感傷として批判されることの方が堪えがたいことであった。おそらく死んだ八田も自分の気持に同感するだろうと思った。無言の遺書がすべてを雄弁に物語ってくれるに違いないと考えた。

ちぎった遺書を口にくわえた芳村は、小屋の入口に向った。焼く術のない今は、風によって遠くに捨てる以外に方法はなかった。

彼は最後の努力をその仕事に賭けた。この恥辱の記録を風が始末してくれるまでは死ねないと思った。

紙片は白い蝶となって舞っていった。

芳村一彦は雪の上に坐りこんだままそれを見詰めていた。白い蝶と共に彼の魂が飛んでいく気持だった。飢えも寒さも苦痛もなかった。生きねばならないという気持も、八田を死なせた責任上死なねばならないという考えも浮かんで来なかった。

大きな空虚の中に山と自分だけがいた。

雪の中に倒れている芳村一彦が八ヶ岳山麓の猟師中山正勝に発見救助されたのはそれから間もなくであった。昭和二十四年十二月二十九日、赤岳は夕陽に輝いていた。

おかしな遭難

1

冬にしては異常な暖かさだった。

春のように肌ざわりのやわらかい風が朝から吹いていた。南風である。雪の表面はにわかにやわらかくなり、スキーを履いて歩くものに取ってはあまりありがたくないコンディションとなった。

ふたりはスキーの裏にシールをつけていた。乾いたこな雪ならば、適当に食いこんで滑りをとめるシールだが、べたつきだした雪に対してはあまり有効ではなかった。ちょうどスキー靴の裏側のあたりに、雪の団子ができた。それが歩行の邪魔になった。

「まるで春先のくされ雪ね、ちっとも歩けやしない……」

ルミが雪に向って苦情を云った。粒子の粗い春先の雪とは、同じべた雪でも全然性質が違っていたが、ルミにとっては、どっちにしても扱いにくい雪という点で差異はなかった。ルミが雪に向って文句をいう時は、きまって、彼女が同行の星村になんらかのかたちで援助を要求する時であった。荷物を持って貰いたいとか、スキーの裏についた雪の団子を手取り早く落して貰いたいとか、もっとゆっくり歩いて欲しいとか、そんなふうな奉仕を男に要求する時であった。

「ねえ、ほうさん……」

とルミが云った。彼女は銀座のバーに務めていた。

「いらない荷物は送りかえした方が、いいんじゃあないかと思うのよ、要らない荷物を持っていくことは全然意味ないわ、無駄なことよ……」

彼女は空に向って突上げるようにさし出したストックを水平に持ち直して云った。その先に五色温泉の雪をかぶった屋根があった。こんなに天気がよくて、こんなに暖かいから、必要以上な荷物は、この温泉旅館に依託して東京へ返送して貰ったらどうだろうかというのが彼女の提案だった。

「そうだな、しかし……」

星村は空を見上げた。冬空特有のつめたい澄明な空の色ではなく、なんとはなしに、一様に白っぽく混濁した色だった。それに気になるのは南風だった。彼は眼を山の方へやった。ここから山田牧場まで一時間、山田牧場から笠岳鞍部《コル》まで二時間、笠岳鞍部《コル》から熊の湯まで一時間と見て合計四時間、一時間余裕を取って、所要時間五時間、今十一時だから十六時には熊の湯へつける筈である。

「多分大丈夫だろうがね」

星村は口の中でつぶやくように云った。

「荷物のこと、ばかね、つかない筈がないじゃあないの、たとえ、つかなかったとしても、惜しいものなんかありはしないわ」

いやちがうんだと彼は云いたかった。おれは荷物のことを云っているんじゃあない。このまま天気がよければ、余計な衣類は要らないが、もしも天気でも悪くなったら――とにもかくにも、おれたちはスキーツアーをやらかそうとしているのだから。星村は無口な男だった。口にはださずに、それを頭の中で考えていた。彼のルックザックの中には既にルミの大きな風呂敷包みが入っている。これから山道にかかればルミのザックの内容物のほとんどが、彼のザックへ移動して来ることは分り切っていた。だから原則的には不要品は送りかえすということに反対する理由はなかった。

星村はルミの後に従って五色温泉の旅館の門をくぐったが、ひとことも云わずに、ルミが荷物のことを頼んでいるのを、聞いていた。

ルミは思い切りよく荷物を分けた。分けたというよりも彼女の荷物の中から、化粧道具とハンドバッグとごく一部の下着と若干のチリ紙だけを拾いあげて、それをひとまとめにして、星村に渡しながら、

「ほうさんなにかないの、私のルックザックに入れていっしょに送るから……」

「ないな」

と星村はあまり気のりしない顔で、ルミから手渡された荷物を受取って、彼のザックに入れながら、

「今は、あたたかいが、午後になると寒くなるし、山の上で吹かれでもしたらつらいからな」

そんなふうな云い廻しかたで、もう少し衣類を持っていくようにルミにすすめた。

「ほうさんがそのつもりならその荷物を全部持っていって下さってもかまわないことよ、でも結局、ほうさんに苦労かけるだけのことでしょう、わたしね、そのウインドヤッケだって送りかえそうかと思っているくらいよ」

ルミはそこに脱ぎ捨ててある、真紅のウインドヤッケをゆびさして云った。

「冗談いっちゃあこまる。かりそめにも、ツアーをやろうとしているんだ。ウインドヤッケを手放すという法はない」

星村は、そのウインドヤッケをあわてて、彼のルックザックの中へつめこんだ。その星村の真面目くさった顔がおかしかったのかルミが笑った。

「ほうさんたら心配性ね、こんないい天気でしょう、よけいな物を持っていけば汗がでるだけよ」

ルミの云ったように外は雪眼鏡をかけていないと、卒倒しそうなくらいに光があふれていた。

ルミは常に先を歩いていた。滑跡《シュプール》ははっきりしているし、指導標もはっきりしていた。星村がああだこうだと云わなくてもルミが道を間違える心配はなかった。星村はルミがおしゃべりをしすぎることをむしろ気にしていた。ルミは数歩登ると立止って、うしろをふりむいてはなにか云った。雪質についての文句やただわけもなく雪の中を歩くことのつまらなさや、山田温泉で別れて来た柏崎や相田やマリたちの噂話などをなんのつながりもなく、ふりむいて話しかけるのである。

ツアーというのは、麓《ふもと》が大事なんだ。体調をととのえて、身分相応のペースを発見することがもっとも必要なことだとルミに教えても彼女はそれを直ぐには納得しないだろうし、あまり、面倒なことをいうと、それなら帰るとルミがいい出すかも知れない。帰るなら帰ってもいいが、ここでルミに逃げられては柏崎や相田に対してあまり恰好《かっこう》のいいものではなかった。

彼はルミのおしゃべりの相手にならなかった。そのうちルミは自然に前向きになるだろう。

「なんて暑いんでしょう、汗びっしょりよ、わたし、脱いじゃおうかしら」

ルミは毛糸のジャケットを引張りながら云った。脱いだらどういうことになる。それ

も想像するとおかしくなるのをこらえてだまっている星村に、

「でもへんね、冬の太陽とほうさんが見ているものね」

ルミが冬の太陽と云ってふり仰いだ視線のあとを追って、空を見上げた星村の雪眼鏡の隅をふわりと白いものが通り過ぎた。

おおっと彼は声を上げて、雪眼鏡をはずした。積雲である。綿をひきちぎって空に投げ上げたような雲だった。

「おかしなほうさん、大きな声なんかあげてさ、なにかあったの」

ルミに云われる通り、一片の雲が空を横切ったからと云ってなにも声を上げるほどのことはなかった。星村が声を上げたのは、その雲の速さが異常だったからである。雲は走っているというよりも、ばね仕掛けによって、空中へはじき飛ばされたように一直線に頭上を通り過ぎたのである。そのことは、上空にいちじるしく強い風が吹いていることを示すものだった。彼は、理屈ではなしに、本能的に、地上の温暖と上層の強風とに不安なものを感じた。おそらくこの天気はこのまま持続しないだろう。そんなふうに思って空を見上げると、空の色は一時間前にくらべてずっと白く濁っていた。

2

山田牧場の入口近くに二つの小屋があった。そこまではシュプールの跡は多かったけれど、それから笠岳への道は最近あまり人が入っていないらしく、消えかかった一条のシュプールがあるだけだった。

「ここまで来るといくらか寒いわね」

ルミがそういって星村のルックザックの中にあるウインドヤッケを出して身につけた。寒くなったのは高度ばかりではない。曇って来たからだった。朝のうち白かった空には、いつの間にか層雲が張り出していた。それでも薄い日ざしは洩《も》れていたが、風はもはや暖かくはなかった。いつどこで、あのあたたかい風がつめたい風に変ったかは気がつかなかった。

寒くなって来たことはいいこともあった。それまでのようにシールにべたべた雪がつかないし、汗が出ないから、登りやすいことにもなった。天気が変って来たことに対して星村はやや不安を持ったが、ルミは相変らず前と同じような調子で歩いていた。おしゃべりが少なくなったのはつかれたからである。

ふたりが霧に襲われたのは、それから間もなくだった。空の雲が全体的に降下しつつあることに気がついたが、山霧がどこから湧《わ》き上ってどういう経路を取ってふたりを襲って来たのか分らなかった。霧の不意打に、二人は顔を見合わせた。だが五分もすると、霧はふたりをそこに置いて山のいただきの方へ去った。視界は前どおりになり、今まで登って来た方を見ると、白一色の山田牧場と、雪をいただいた二つの小屋の屋根が見えた。

ダケカンバの間にモミの木が混って見えるようになると、道は急にけわしさを増した。笠岳のいただきに近づいたのである。

「静かね」

とルミが云った。そこは両側が針葉樹林のせいか、妙に薄暗かった。静かねと云われて星村はいつの間にか風がやんでいることに気がついた。山のいただきに近づけば近づくほど風が強くなるのが当り前であるのに、急に風がおさまったということは、なにか意味がありそうだった。

「いそごう、もう少し歩けば、避難小屋があるはずだ」

「避難小屋ですって」

ルミには星村の云おうとしていることが分らないようだった。時間はまだ充分あるのにいそぐこともないし、まして避難小屋などという言葉がでること自体がへんだった。ルミはまゆを八の字に寄せた。そのルミへの回答はその直後にやって来た。風がモミの木のいただきで鳴った。それを合図に山の様相は一変した。ひっそりとしのびよって来た冬の嵐が、突然白刃をふり上げてふたりに斬りつけて来たような変りかただった。こういうことは、春でも夏でも、秋でもしばしばあることだった。ただ冬の天候の急変は悲劇の要素を抱いていた。吹雪はまず足跡を堙滅《いんめつ》することによって、ふたりの退路を断ち更に進路をさえぎろうとした。

「ほうさん、この天気はいったいどうしたっていうのよ」

如何なる場合でも男に責任を持たせることしか考えたことのないルミは、天気急変についてもその責任の所在を星村におしつけようとした。

「とにかくいそいで避難小屋を探すのだ、この近くに避難小屋がある筈だから」

「ある筈ってどういう意味なの、あるかないかぐらいはっきりたしかめて来なかったの」

地図にもあるし、案内書にも笠岳避難小屋はあった。現実に小屋は彼等からそう遠く離れていないところにあるにはあったけれど、吹雪の煙幕が、ふたりの眼からあらゆるものを見えなくしようとしていた。

あわててはいけない、こういう時にあわてると遭難するのだ。星村は自分自身に云い聞かせた。処置は三つより他にない。引き返すか、前進を続け、吹雪の中を笠岳鞍部《コル》を越えて熊の湯へ出るか、笠岳避難小屋で一夜を明かすかであった。

その方法について考えている眼の前でふたりの歩いて来た足跡は吹雪にかき消されていった。たいへんな吹き降りだった。引き返すことも、前進することも足跡が消え視界が閉ざされてしまえば無理だった。ただ一つ救われる道があるとすれば彼等のもっとも手近にある笠岳避難小屋に逃げこむことだった。

星村は先頭に立った。彼は時間と競争した。吹雪の序の口の間に避難小屋を探し出すことが、今の場合はもっとも賢明な策だった。吹雪と共に、道はなくなっていた。星村は勘《かん》にたよって歩くより仕方がなかった。樹林の間の切りとおしの道の、要所要所には道標があり、ところどころの木の枝にはどこかの山岳会が、ツアーの時の目印に使ったジュースのあき罐《かん》がつり下げてあった。

星村は吹雪の中で眼を見開いていた。枝一本折れているのも見おとしてはならないと思っていた。吹雪になってから、三十分ぐらいの間は、どうやら道の上を歩いていた。道を失ったのではないかと気がついた時には、彼等は針葉樹林の奥へ入りこんでいた。

横なぐりの烈風がモミの木の林を無気味に鳴らしていた。

「ねえ、ほうさん、どうしようっていうの、私を殺すつもりなの」

なぜそういうことを云わねばならないのだろうか、おれだって真剣なんだ、命がけで小屋を探しているんだ。そう思っても星村はルミの非難に満ちた眼に対してなにも云わなかった。もう少しだ、もうすぐそこに避難小屋があるのだというふうな曖昧《あいまい》な言葉を云いながら樹林の中を彷徨《ほうこう》した。

3

一生懸命歩いているつもりでも歩いた距離はさほどでもなかった。風の感じと歩いている傾斜の感覚で、笠岳鞍部《コル》の近くに来ていることは確かだった。

ルミが疲労をうったえた。その次にルミはスキーの金具の不調でも云い出すだろう。この場でスキーに故障を起こしたならすべては終りになる。スキーなしで、この雪の中を歩くことは困難だった。

絶望が星村を支配し始めた時、彼は途方もない一つの冒険を考え出した。雪洞《せつどう》を掘って一夜を明すことだった。その経験はなかったが、話には聞いていた。このまま彷徨を続けて行倒れるよりも、明るいうちに全力をあげて雪洞を掘ったならば、或いは助かるかも知れない。しかし、雪洞を掘るにしては、南斜面を向いているその位置は、まともに南風を受けるという点でまずかった。彼は南風をまともに受けない場所を探した。傾斜地に半ば雪にうずもれた倒木があった。倒木を風の盾として、風向と反対側の雪をスキーで掘ることにした。

ルミは、雪の中にうずくまったまま、黙って星村のやるのを見ていた。ゲレンデスキーしかやったことのないルミは、初めてのツアーとその途中に出会した吹雪によって完全に打ちのめされていた。スキーで雪洞を掘ることはなかなか容易なことではなかった。だが、彼のスキーによって、少しずつ、そこに吹雪の入りこまない空間が創造されていくと、ルミは、うずくまっていた身をおこして寒いといった。寒いから、早くなんとかしてくれという要求だった。

星村は二時間を要して雪洞を掘った。ふたりが抱き合ってやっと入れるだけの広さだった。不完全な雪洞だった。入口をふさぐシートもないし、雪のブロックを内側から当てがうという器用なこともできなかった。入口にはスキーとストックを支柱に風呂敷を張り、奥にビニールを敷いて二人は抱き合うようにして背を丸めた。食糧はチョコレートとジュースだけだった。ふたりはそれを分け合って食べた。十七時。吹雪の夜が来た。ひとかけらの燃料もなかったが、星村のルックザックの中に懐中電灯があった。

ルミが寒さをうったえ出した。そのおそるべき寒さに対してルミはまず、自らを反省した。五色温泉で、毛糸の婦人用ズボン下や、毛糸のシャツなどの衣類をなぜ返送する気になったかを悔いた。しかし、それは、ごく僅かな時間だけで、あとは、馴《な》れない彼女をツアーにつれて来てこんなひどい目に会わせた星村の責任を根気よく追及した。いかりを星村に向けることによって寒さからのがれようとした。夜が更けると共に寒さがいよいよきつくなった。

「私はスキーズボンの下にパンティーしか穿《は》いていないのよ、きっとあすの朝までに私の下半身は凍ってしまうでしょう」

とルミは云った。云っている間はよかったが、彼女のろれつがあやしくなって、ふるえ出すと、そのままにしては置けなかった。

「がまんするんだ朝までの辛抱だ。朝になれば熊の湯までは一気に滑り下ればいい」

「あなたは毛糸のズボン下を穿いているからがまんできるでしょう、あなたには分らないのよ、このきつい寒さ」

「おれだって寒い、おれの持って来た毛糸のセーターだって、マフラーだって、きみに着せてやっているじゃあないか」

「そんなこと当たり前でしょう、あなたがリーダーでしょう、遭難はすべてリーダーの責任よ」

ちがう、ルミをつれてツアーに来なければならないようになったのは、柏崎と相田とマリの策謀なんだ。あの三人はぐるになって、ルミをツアーにけしかけたのだ、ルミちゃんと星村さんとなら、笠岳越えのツアーはできるわと云ったのはマリである。柏崎と相田もマリに輪をかけたようなおだて方をして、ルミの気持を笠岳のツアー越えへ向けたのだ。今頃、柏崎や相田やマリは山田温泉にぬくぬくとつかりながら、あいつら午後になって吹雪かれてさぞ困ったろうと笑っているかも知れない。

「ね、星村さん、なんとかならないの」

ルミがほうさんという呼名を星村とかえたことには多くの意味がありそうだった。

「ズボン下をよこせって云うのか」

「そうしないとわたしは寒くて死んでしまうもの、私が死んでもいいなら、貸してくれなくてもいいわ」

それだけのことを云う間中、彼女の歯はがつがつ鳴っていた。

「きみにこのズボン下をやったら、ぼくはどうするんだ」

「あなたは男でしょう、それにあなたはリーダーよ、私のいのちを保護する立場にいるひとよ」

ルミは全く一方的だった。既に理性を失いかけていた。自分だけのことしか考えられない状態にいた。ルミが狂ったように寒さをうったえたのは夜半を過ぎてからだった。彼女は身体中をふるわせて、彼がズボン下をよこさないことを呪咀《じゅそ》した。ルミは手袋をはめたまま、星村のズボンの上から、彼のももに爪を立てようとした。星村は懐中電灯をつけて、ルミの顔を見た。そこには憎悪に満ちた眼がぎらぎら光っていた。

星村はルミに背を向けて靴を脱ぎ、ズボンを取り、ズボン下を抜き取ると、うしろ向きのままルミに渡した。ルミはなにも云わなかった。背中合わせのままルミがズボンを脱いだ時、星村は女のにおいを背後に感じた。星村は眼をつむった。ズボン下を脱いだ瞬間から寒気が彼をしめつけた。

不完全な雪洞は風を防ぐだけしか役に立たなかった。それに夜半風が西に変ってからは入口から吹きこんで来る雪を排除するために、星村は、入口近くで、夜を徹して雪と対決しなければならなかった。

毛糸のズボン下をせしめてから、ルミは意外なほど静かになった。彼女は背を丸めて眠っているようだった。

4

朝が来た。雪は止み、風もおさまっていた。星村は彼等のいる位置が笠岳鞍部《コル》を越えて、熊の湯側に入りこんでいることをはっきり知った。笠岳を捲くようにして右へ行けば足下に熊の湯が見えるはずだった。

星村は彼が観望した地形と帰路のことをルミに話した。ひょっとすれば、帰れないかも知れないという気がした。寒さも痛さもとおり越して、身体全体の感覚がなんとなしに稀薄《きはく》だった。それにもかかわらず、妙に頭の中だけは冴えていた。

彼は妻の光子の眼を近くに感じた。つめたい眼でじっと見詰めている光子に、なんとこの場を説明してよいか分らなかった。ルミとはなんの関係もなかった。笠岳ツアーを成功させて、一晩熊の湯で情を交そうなどという約束もないし、特にその魂胆《こんたん》があって笠岳越えをやろうとしたのではない。柏崎と相田とマリのおだてもっこに乗せられてツアーをやろうといい出したルミのお相手をさせられただけの話である。要するにたいした意図があったことではない。しかし、その説明で光子は納得しないだろう。星村は眼を雪の上におとした。

ルミは雪の上にかがみこんだまま、口ぐせのように寒さを訴えていた。星村はルミにスキーを穿かせようとして、しゃがんだはずみに、もろくも雪の中に尻餅をついた。腰から下に全然力がないのだ。雪の中から立上ることが、彼のせいいっぱいの仕事だった。

彼等はその朝のために残して置いたチョコレート一枚を二つに分け合って食べた。降ったばかりの深雪のためにスキーはかなりもぐった。きのうに増して困難なツアーだった。日が昇ると共に、西風が出た。降雪こそないが、北西の強風が降ったばかりの粉雪を吹き上げた。ふたりは、再び方向を失った。

山田温泉からの連絡で、熊の湯からの救助隊がふたりを発見したのはその日の夕刻だった。救助隊の応援に参加した学生が、ルミをまず発見した。ルミはスキーを穿いてはいなかったが、両手にスキーのストックを握っていた。ルミから百メートルと離れていないところに星村がいた。救助隊に発見された時、既に彼の意識はなかった。彼はスキーもストックもルックザックもなにもかも失っていた。

救助隊が助け起そうとすると、彼はなにごとか叫びながら衣服を脱ごうとした。それを止めようとすると、ひどくあばれた。精神錯乱状態におちこんでいた。星村は熊の湯に運びこまれる前に息を引き取った。

ルミは熊の湯に運びこまれて手当を受けると、そのまま眠りこんだ。

星村の死は柏崎と相田に知らされ、柏崎から、東京の星村の兄に電話で伝えられた。星村には結婚して三年目の妻がいた。

柏崎は星村の兄と電話で話すときに、おかしな遭難という思いつきの言葉を使った。星村が死んでルミが助かった分岐点は誰が見ても、毛糸のズボン下にあった。そのことを柏崎はおかしな遭難と云ったのである。とっさのことだったから、それ以外にうまい文句がでなかった。

星村の兄は、弟の嫁の光子には星村が遭難したとだけしか云わなかった。しかし、光子は湯田中駅まで迎えに出て来た、柏崎と相田の顔を見ると、夫は既に死んでいて、その死因になにかかくされたものがあるのだと感じ取った。

「柏崎さんも相田さんも御一緒ではなかったんですか」

と光子が云った。

「いや別でした。ぼくらは山田温泉に滞在していて星村さんが……」

柏崎が言葉をにごした。

「星村がひとりで熊の湯へ行こうとして遭難したというのですか」

それには柏崎も相田も答えられなかった。

「ひとりではなかったんですね、誰がいっしょだったんです、そしてその人は……」

誰も答えなかった。

「どうしたっていうの、星村はなぜ死んだんです」

「どうせあすの朝刊に出ることなんだから、ほんとうのことを云ってやって下さいませんか」

星村の兄が光子にかわって云った。柏崎と相田は顔を見合わせてから、相田の方が口を開いた。

「星村さんはある女性とふたりで、笠岳越えのツアーをやったんです」

「女のひと、誰なんです、そしてそのひとも死んだんですか」

「いやそれが、おかしな遭難でしてね……」

それ以上のことはさすがに相田も云わなかった。

光子は熊の湯行きのバスには乗らなかった。いくら星村の兄がみんなと一緒に熊の湯までいくように云っても、光子は首を左右にふりつづけた。光子は次の上りで東京へ引返していった。

霧迷い

雪は適当な固さを持っていた。冬富士特有な氷盤《ひょうばん》の固さはなく、登山靴の底につけてあるアイゼンの爪は、根本《ねもと》までがっちりと雪に食いこんだ。雪面が体重で沈むようなこともなく、クラストしている表面の雪が割れて、すっぽりと靴が落ちこむようなこともなかった。

槇沢《まきさわ》節造は、厳冬期から春に移行しつつある富士山御殿場口七合目に立っていた。雪眼鏡をとおしても、まぶしいくらいの白一色の山肌がひろがっていた。眼を青空と山肌との境界線にそって頂上の方へおしあげていくと、そこには、漠然とした富士山型ができ上るけれど、そのかたちは、御殿場あたりから見た富士山の姿ではなく、むしろ前に立ちふさがった、偉大な白い斜面と対決するといった感じだった。

槇沢節造は富士山測候所に転勤を命ぜられると、すぐ冬山勤務を希望した。彼には雪におおわれた富士山こそ、ほんとうの富士山に思われたし、高校時代から山になじんでいた彼に取って、山としての本当の魅力はやはり冬山であった。だが彼の冬富士勤務の希望は、彼の富士山に対する経験が浅いという理由で許されなかった。そして、富士山測候所勤務員の誰もが一応は経験させられたように、夏富士登山から、中間季の富士登山を経て、冬季の富士山へ登るようにスケジュールに組みこまれていった。

「槇沢君の歩き方は立派なものだ」

十一月に彼とともに富士に登った杉本一好がそういった。杉本は富士山測候所に勤務してから二十年にもなるベテランだった。杉本一好に立派なものだと定価表を貼られた槇沢節造の歩き方は、山の法にかなっていた。富士山にかぎらず、どこの山でもそうであるが、ペースを乱さず、一歩一歩をしっかり踏んで登るといった基礎ができていた。

その杉本一好は今度の交替勤務員五名と強力《ごうりき》二名を合わせた七名の責任者として、隊列の最後尾にいた。この七名は観測所員であり、登山を目的とする登山者ではなかった。勤務上の上下はあったが、山岳団体のパーティーのようなものではなかった。したがって、杉本の立場はいわゆるリーダーとは違っていた。

槇沢節造は左足を踏み出した恰好で、ピッケルを、雪の中に深く突きさして下を見た。槇沢はトップを歩いていたから、彼につづく六人の姿が一度に眼に入った。彼と、彼につづく強力との間に二十メートルほどの距離があった。あとの六名は数メートルの間隔を置いて一列に並んでいた。

槇沢に強力たちが追いついて一呼吸入れると、全体の行進は止った。

と最後尾にいる杉本がつぶやいたのが、槇沢にはっきり聞えるほど山は静かだった。

「静かだな」

杉本は、眼鏡を取って、曇りを拭きながら、先頭を歩いている槇沢節造の方へ眼をやった。少し足が速いようだと注意しようと思ったが、注意するほどの足の速さでもないと思いかえすと、曇りを取った雪眼鏡をかけ直して、

「七合八勺で昼飯にしよう」

声はしっかりしていたが、呼吸の乱れが声に影響して、高い調子になってふるえた。

「七合八勺で昼食ですね」

槇沢節造は杉本のことばを受取った。杉本のうなずくのを見て、彼がいったことを、(七合八勺で昼食にするから、先へ登っていって、その用意をしていてくれ)と解釈した。槇沢は十一月に来たとき、このへんから、一行と離れて先行する西崎八郎のあとをついていった。七合八勺へついて見ると、小屋の戸が雪に埋っていた。雪というよりも、一度降った雪が、とけて凍って、入口の戸を開かなくしたのであった。西崎と槇沢は交互にピッケルをふるって、入口の氷を排除した。

十一月でさえ、かなりきっちりと氷に閉ざされていたのだから、今は、おそらく、小屋の半分は雪に埋っているようにも思われた。

一行はしばらくそこで休んだ。

「山中湖がへんに黒く見えるじゃねえか」

強力の野木が同僚の内田にいった。

「そうだな、天気が変らなきゃあいいが」

内田がそういうと、その短い会話を小耳にはさんだ測候所員たちはいっせいに眼を山中湖に落した。槇沢には山中湖が黒い胃の腑《ふ》に見えた。胃の腑は、胃の薬の広告で見た形であったが、山中湖が胃の腑に似ていると思ったのは、彼の胃が空腹を感じはじめているせいかも知れないし、富士の裾野の荒涼のかぎりを尽した光景の中に、ひとつだけ、貪婪《どんらん》な輝きを持っている山中湖が胃という表現になって浮び上ったのかも知れなかった。それにしても黒い胃の腑という想像は、彼自身にも不気味であった。彼は、山中湖から視線を、もっと手前に引きよせた。雪は御殿場口太郎坊のあたりまであった。頂上にコンパスの芯を立てて、半径を御殿場口太郎坊のあたりに取って、描いた弧《こ》が雪線であった。雪線のすぐ下に原生林がある。

彼はくるっと方向をかえて上を見た。さっき、杉本が静かだといったように、七合から上も静穏だった。冬富士につきものの、突風らしいものはないし、突風を起すほどの風もなかった。冬富士ならば、七合目以上のどこかに、炎のようにうずまきながら移動するその雪炎《せつえん》は見当らなかった。

キュッ、キュッと雪面につきささるアイゼンの爪の音が、すぐうしろに近づいたところで、彼は一歩を踏み出した。おそらく、これからは七合八勺までは休まないで登ることになるだろうと思った。そこからは七合八勺の小屋は見えないけれど、小屋のある尾根のかたちはよく見えた。尾根というには少々気がひけるほどの地形の縦皺《たてじわ》だったけれど、尾根といっても嘘ではなかった。その尾根らしくない尾根が、やがて、はっきりとした尾根（長田尾根）と接続されるあたりに七合八勺の小屋があるのである。槇沢は、見当をはっきりつけて、尚、念のため、彼の判断をたしかめるように彼の目的地の周辺に眼をやった。

進行方向に対して左側の宝永山の噴火口のいただきのあたりに、陽炎《かげろう》のようなものが見えた。陽炎のように、視界の中に揺れたが、すぐ、それは陽炎ではなくごく薄い霧だということが分ると、それは、その時の地形風の方向を示すかのように、かなりの速度で、斜面に沿って流れて来て、彼の頰を撫でていった。つめたい霧だったが、薄い霧で、団塊状に発生しては、中腹を捲くようにして移行していく、いわゆる山霧の部類に属するものだった。

霧が発生したということは、やや槇沢に不安を覚えさせたが、このあたりまで来て、山霧を見ない方がむしろおかしいくらいで、去来のうるさいという感じはあるが、さほど警戒を要するものではないことを、既に三回の富士登山の経験から知っていた槇沢は、特に霧のために歩速をゆるめようとはしなかった。

彼は背後をふりかえって見た。六人は雪面を見つめて歩いていた。霧のことを心配しているふうはなかった。眼で、彼の次に登って来る強力の野木との距離をざっと測ると、百メートルほどはあった。

どうやらその霧はそれ以上発達するとは思われないので、しばらく躊躇《ちゅうちょ》していた槇沢はふたたび歩き出した、歩き出すと、霧のことはあまり心配にはならなくなった。それよりも、霧が濃くならないうちに、小屋について、入口の雪を排除して、みんなを迎える準備をした方がいいと思った。

霧の密度は時間とともに濃くなっていった。濃くなってはいくが、切れ間があった。霧の切れ間から、七合八勺の方向も、下から登って来る彼の同僚たちの姿もよく見えた。

風が強くなったなと思った。風の強さと比例するように霧も濃くなった。彼は立止って、しばらく待った。霧は晴れなかった。霧は晴れなかったが、そこにそうして待っていれば、あとにつづく同僚たちの足音が間もなく聞えて来ることは間違いなかった。霧にかこまれたら動いてはいけないと思った。同僚との距離は百メートルである。

彼は十分ほど霧の中に立っていた。十分という時間は彼の観念であって、腕時計を見たのではなかったが、彼は、長くとも十分ほど待てば、彼の同僚が追いついて来るに違いないと思った。待っても、彼の同僚の姿が見えないとなると、彼はいささかあわてた。彼は、おそらく彼の同僚たちは霧の中で彼を追い越して先へ行ってしまったのではないかと思った。

彼は歩き出した。時々、声を出して叫んだが応答はなかった。一行とはぐれたのだと気がつくまでに彼はかなりの時間歩いていた。彼は胸に呼吸《いき》苦しいものを感じた。彼は、岩の上に腰をおろして、背を風の方に向けた。腕時計を見ると十二時であった。七合八勺で昼食にしようと杉本一好がいったのは十一時だった。

彼はきのう、通りすがりに、花を供えて来た長峰光雄の墓地を思い出した。富士山測候所員長峰光雄が、突風に吹きとばされて殉職したのは、八年前の二月二十七日であり、その遭難場所は槇沢のいるあたりだった。

長峰光雄の命日が今日であるということは、きのう長峰光雄の墓場で聞いた。そのまま忘れていたことが突然重苦しくのしかかって来た。槇沢はかなりあわてた。そこにじっとしていてはいけないような気がした。

だがすぐ彼は、

(迷ったと思ったら動くな)

と杉本一好に云われたことを思い出した。動かないでじっとしていれば、必ず、救いの手が延びて来るに違いないと思った。おそらく彼の姿を見失った杉本たちは、彼以上にあわてているに違いないと思った。彼は背負っているルックザックを膝の上に置いて、中から昼食用のサンドウィッチを出した。食欲はなかったが、食べねばならないと思った。もしかしたらという考えがあった。ある時間、動かずにここにいても、救いの手が来なかった場合、彼は動かねばならなかった。七合八勺の避難小屋へ登るか、二合八勺の避難小屋を探しながら下山するか二つの道しかなかった。ある時間を彼は二時間とした。サンドウィッチの弁当を全部食べてしまい、水がわりにミカンを二つ食べた。ミカンはまだ凍結していなかった。彼はルックザックの中を改めて見た。非常食としての菓子一袋とミカンが二個残っていた。

彼は定期的に叫び声を上げた。歌も歌った。そうしていないと、とても霧の中に二時間もじっとしてはおられなかった。叫んだり、歌を歌ったりしながらも、彼の頭に浮んで来るのは、富士山測候所が昭和七年に開所されて以来、今日にいたるまでに起った三回の殉職事故であった。

第一回目の今本技手の遭難は深い冬の霧の中で起った。彼は七合目附近で、同僚とはぐれ、その翌日、シシ岩附近で凍死体となって発見された。

第二回目の大村技手の遭難は、七合目附近で突風に襲われて、滑落死《かつらくし》したものであり、第三回目の長峰光雄技官の場合と相似していた。三つの遭難はいずれも二月に起ったのであった。

「突風はない」

槇沢はひとりごとを云った。風は時間とともに速度を増して来たが、突風性のものではなかった。だから、風に吹きとばされて、滑落する可能性は少なかった。彼の場合、もっとも考えられることは、第一回目の今本技手の場合であった。歩き廻ったあげく小屋が見つからずに疲労凍死するということであった。

彼は救援の手を信じた。二時間待てば、杉本等は、きっと何等かの方法で、彼の所在を探し出すと思った。予定の時刻が来ても何の音沙汰もない場合は、上に登るか下へくだるかしなければならなかった。十四時にここを出発して、その日のうちに七合八勺の小屋が発見されないで夜を迎えた場合は死であった。七合八勺の小屋をたよらず一挙に頂上の観測所を目ざして登ることは、冬期登山ルートが分らないから、きわめて危険なことであった。やはり、十四時が来たら下山する以外に方法はないと思った。下山すれば、風も弱くなるし、温度も上るだろう。もし万一に二合八勺の小屋が発見されない場合は、日の暮れないうちに裾野の樹林帯に入りこむしか手はなかった。死ぬか生きるかは、残雪の多い原生林の一夜に耐え得たうえ、その原生林から脱け出ることができるかどうかということだった。

彼は二時間杉本等の声を待ちつづけた。きっと助けに来ると思った。待ちつづけながらも、一方で彼は身の処置を考えていた。地図は持っていなかったが、頭の中で地図を書いた。十四時五分前に、彼は、ルックザックからミカンを一つだした。すさまじいほどの喉の乾きを感じたからだった。ミカンはかちかちに凍っていて食べられなかった。

彼は絶望感に追い立てられるように立上った。温度は急にさがり、山全体が吹雪になりつつあった。杉本等もまた霧の中に道を失って下山しているように思えてならなかった。二時間も待って音沙汰がないのは、彼等が下山したと考えるしかなかった。彼は、今朝出発するとき、杉本が、途中で天候が悪くなったら二合八勺に引きかえそうといっていたことも思い出した。彼は下山を始めた。登るときはアイゼンの爪が、雪面によく立ったが、雪が降り出すと、その降ったばかりの雪がアイゼンの底について団子《だんご》になった。彼は時折、立止ってはピッケルでアイゼンに附着した雪の団子を払いおとさねばならなかった。

二時間、考えつめていたとおりに彼は歩いた。そのとおりに歩いていけば、きっと前夜、一行七名で泊った二合八勺の避難小屋へ行きつくことができるような気がした。そして、そこに、六人が引きかえしているように考えられた。吹雪ははげしくなり、視界は二十メートルとなった。

御殿場口登山道は三合目あたりまではほぼ頂上に向って直登して来るが、そこから宝永山の急傾斜をよけるためにかなり右側に道がそれていく。

この関係を下山のときもよく頭へ入れて置かないで足にまかせて山をくだると、御殿場口太郎坊へはいかず、御殿場口と須走口の中間の原生林の中へ迷いこんでしまうことになる。原生林に迷いこんでしまったら、容易なことでは出られない。

槙沢はそのことをよく知っていた。杉本たちに教えられてもいた。だから、彼は霧の中を下山するに当って、登って来たコースを歩いてかえるつもりでいた。吹雪はいよいよはげしくなった。湿気を含んだ雪はやり切れないほど邪魔だった。防風衣にも、オーバーズボンにも、雪眼鏡にも、ピッケルにもついた。アイゼンの底につく雪団子がやはり一番厄介なしろものだった。彼は数歩歩いては、ピッケルでアイゼンについた団子をたたき落さねばならなかった。そんな悪い条件でも、アイゼンを脱ぐことはできなかった。一歩を踏み誤って転倒すれば、そのまま、地獄へ滑降していくだけの傾斜は充分にあった。

吹雪との戦いは根気のいることだった。だが、そうして、アイゼンの裏につく団子落しと、足もとの不安定さに神経を集中していると、瞬間的には孤独感から解放されることはできた。

霧に霽《は》れ間はなかったが濃淡があった。視界が少しでもひろがると、彼は八方に眼をくばった。小屋のかげらしいものはどこにも見当らなかった。霧の中に、なにかしら、地形の高まりをみとめていって見ても、期待していたように、雪に埋もれた小屋でもなく、帰路の目標になる事物でもなかった。霧の濃淡の変化によって、距離の遠近を見違えることもあった。ずっと遠くに、あきらかに小屋らしいものをみとめて胸をおどらせて近よると、それが一塊の岩だったりすると、彼は、ひどく自信を喪失した。

遭難した場合、幻視幻聴に襲われるということを聞いていた。人の姿を見たり、声を聞いたり、その人と話をして、気がつくと、そこには誰もいなかったというような話は、いくつか聞いたことがあった。

近くの岩を小屋と誤認するのは一種の幻視かもしれないと思うと、吹雪の風の音の中に混って、人の声が聞えるような気もしないではなかった。聞えると思えば、声は聞えた。聞えないと否定すると声はやんだ。吹雪の音は多様に乱れていた。

槇沢は、転倒しても生命には別条のない高度まで来ていることを知った。その高さに来ていて、二合八勺の避難小屋も、その附近に散在する雪に埋もれた夏小屋も、そのあたりに立っている棒や標識なども、ひとつも発見されないことで、かなりあせっていた。

心はあせっていたが、深い霧の中で小屋を探し廻ることはかなり危険性があった。彼はしばらく吹雪の中に立って考えてから、歩き廻らずに、このまま、雪線までくだり、雪線に沿って山裾を廻って下山道を探そうと考えた。時間はかかるが、この場合、それ以上の方法はないと思った。

(日の暮れる前に、下山道が発見されれば助かる。もし見つからなかったら——)

彼はその時はっきりと死の翳《かげ》を見た。原生林の中でかがみこむようになって死んでいる自分の姿と、それとはなんのかかわりもなく、原生林のつづくかぎりの果てに、無表情に光っている黒い胃の腑の山中湖を見たのである。その対照が静かであって、その二つのものを見ている、まだ生きている彼には、それを見たことで、なんかしらの落ちつきが与えられた。あきらめではなく、彼には、彼の死の姿は、黒い胃の腑と同じ位相に置かれた第三者であって、自分自身ではなかった。

その辺から彼の足はかえって安定した。吹雪が一時的におさまり、濃霧になった。そのまま天気がいい方に向うのではなく、またすぐ猛烈な吹雪になることは分っていたが、そのまえに、一瞬でもいいが霧が霽れてほしかった。

彼が濃霧の中に人を見たのは、吹雪と濃霧との入れ替えがすんだ直後だった。鉛色にしずんだ霧の中に人の影を見たとき、彼は、すぐ幻視だと思った。実在の人物であるはずがないと思ったが、その人の影は、近づけば近づくほど大きくなり、人ではなく、岩の形を取って来るにおよんで、彼の頭の中の地図が、眼の前にくりひろげられた。

この附近にはシシ岩があった。たった一つの巨大な岩で、その岩を遠くから見ると猪《いのしし》が寝ているように見えた。シシ岩だと分ったとき、槇沢は声を上げて叫びたいほどの喜びにひたった。彼の位置がはっきりしたからである。彼は、御殿場口と須走口の中間におり、そこは御殿場口二合八勺避難小屋と同じ高さであり、方向は真北に当っていた。二合八勺の避難小屋まで、歩いて二キロメートルの距離だった。

彼は位置確認と同時に、そのシシ岩が、富士山測候所勤務員の今本技手が疲労凍死した場所であることを思い出した。今本技手は濃霧中に同僚とはぐれて、ここまでおりて来て死んだのである。情況は酷似していた。

一刻も長居はしたくないところだったが、そこにいることが恐怖を助長するものではなかった。位置発見が彼を勇気づけていた。彼は、それほどの疲労も感じていなかったし、空腹でもなかった。彼には、吹雪と霧の中でシシ岩をピッケルの先でつついて見るだけの余裕があった。彼は右に方向をかえた。そこから、同じ高さの山腹を南に向って歩いていった。二キロの距離を歩くのに、三十分ないし四十分と見つもっていた。アイゼンについた雪の団子を払いおとす時間を見こんでも、だいたいそのていどだと考えた。

彼は落ちついて来た自分を更に落ちつかせようとした。四十分歩いて、その辺を探して見て、二合八勺の避難小屋が見つからねば、そのまま真直ぐくだるつもりだった。そうすれば太郎坊へ出る。そこには太郎坊の避難小屋があった。

三十分歩いたが小屋はなかった。四十分歩いたが、小屋らしいものは見つからなかった。

それまで静かだった霧が動きだした。霧が夜とともに吹雪になる前ぶれだった。おそるべき重量感を持っている霧だった。彼は、おしよせて来る霧の中に再び立ちつくしていた。

(猛烈な吹雪になって太郎坊の小屋が発見できなかったならば……)

彼はまた死を考えた。太郎坊小屋のすぐ近くで、空を仰いで死んでいる、彼自身の顔を見た。彼は背筋に寒いものを感じた。それまでにない恐怖が彼を打ちのめして、そこにそうして立っていることすらできなかった。吹雪にならないうちに、安全地帯まで逃れなければならないと思った。

彼はそこで、左に向きをかえて下山の姿勢を取った。その時、彼は山中湖の黒い胃の腑を霧の中に感じた。二合八勺附近に立って下界を見ると、まず最初に眼に飛びこんで来るのは、左下に見える山中湖だった。いまは濃い霧で、山中湖が見える筈がなかったが、そこに立っている感じから、山中湖の方向が想像され、あの、黒い胃の腑が見えたのである。

「畜生め」

と彼は云った。黒い胃の腑が、どこまでもついて廻ることに腹を立てたのではない。彼は、いつまでたっても二合八勺の避難小屋を発見できない自分自身に腹を立てたのであった。

突風に襲われたのはその時だった。彼は雪の斜面にうち倒されて、無意識に、ピッケルで身を支えた。

「畜生め」

今度は明らかに、風に向っていった。彼をたたきのめして去った突風の方向に眼をやると、霧の中に柱のようなものが二本ばかり見えた。ほんの一瞬で、すぐ霧の中にかくれた。雪の斜面を二十メートルほどおりたところだった。

彼は躊躇しなかった。見たものの方向へ真直ぐ歩いていくと、間もなく、霧の中に幾本かの棒が見えた。春先のなだれどめの棒であった。二合八勺の避難小屋はその下にあった。

槇沢節造は叫び声にならない叫び声を上げて小屋の入口に走っていった。小屋の入口に体当りして、身体の反応をためし、両手のにぎりこぶしで、戸をたたいた。誰かが中から戸を開けて、彼を迎えてくれるような気がした。

小屋の内部から応答はなかった。戸を引張って見ても開かなかった。小屋は今朝方、彼等七人が出ていったままになっていた。

小屋に誰もいないことは、槇沢に、それまでにない不安感を与えた。もしかしたら六人が遭難したかもしれないと思った。もしそうだったら、いますぐにでも山をおりて、急を告げねばならないのだが、吹雪の中を山をおりていける自信はなかった。

槇沢はピッケルで小屋の戸をこじあけた。今朝、この小屋をたつ前のにおいがそのまま残っていた。

彼は薪《まき》ストーブに火をつけて、濡れたものをかわかしにかかった。六人のことが心配だった。二合八勺へ引きかえしていないとすれば、果してあの深い霧の中を七合八勺の小屋へ行きつくことができたであろうか。もしかすると、霧の中に見失った槇沢を探そうとして六人もまたはなればなれになったのではあるまいか。槇沢は責任を痛感した。みんなから離れて先行したのが、まちがいのもとになったのだと悔いながら、燃えるストーブの火を眺めていた。彼の身が安全位置に置かれた瞬間に、恐怖は同僚たちへの心配に置きかえられていた。

吹雪の夜の中ではなにもできないから、ことはすべて明朝の行動にかかっていた。避難小屋の中には食糧が置いてある。彼は飯を炊《た》いた。棚の中を探すと福神漬の罐詰があった。

食慾はなかった。飯を食べていると吹雪の中で、つぎつぎと倒れていく同僚の姿が見えた。そのひとりひとりの眼が、彼を睨みつけていた。

彼は時折外へ出て、窓の雪をおとした。もしかすると、彼の同僚が、小屋の灯を見つけて来るかもしれないと思った。

残った飯を、彼はにぎり飯にして、醬油をつけて、餅網にかけて焼いた。彼の翌日の行動食の他に、万一の場合に同僚六人に与える食糧だった。

二合八勺の避難小屋には、食糧の他に蒲団も目覚し時計まであった。彼は、目覚し時計を翌朝の四時半にかけながら、

「こんなものより、非常連絡用の無線機があればいいのに」

とつぶやいた。

寝ても寝られなかった。彼は公務中であった。富士山頂測候所へ登って、彼がやらねばならない仕事は気象レーダーの保守であった。登山のための登山ではなく、いわば出勤途上のできごとだった。

翌朝四時半に目覚し時計は正しく鳴った。吹雪はやんでいたが、雪のやんだあとに強い風が吹いていた。とても登れる状態ではなかった。

ストーブを焚《た》こうとしたが、煙突に雪がつまって煙が逆流した。彼は寝床にもぐって、風のやむのを待った。六人の安否を確かめるには、七合八勺に行って見るしか方法はないと思った。一晩中考えた末の結論がそうだった。

六時に外へ出た。快晴だったが、風は相変らず強かった。降ったばかりの雪が吹きとばされていた。頂上は、その飛雪におおわれていた。下界は朝靄《もや》に煙ったたい表情だった。

八時になったが、風はおさまらなかった。九時になった。御殿場太郎坊の方から、登って来る登山者の姿が見えた。ちょっと数えただけで二十名近くもいた。

厳冬期の富士山に、それだけ大きなパーティーが来ることはまれであった。彼は登山者の姿を見て勇気づけられた。彼等が登れるならば、おれだって登れるだろうと思った。

彼は十時と一応の線を心の中に引いた。十時になったら出発して、登れるところまで登って見ようと思った。にぎり飯を全部、ルックザックに入れるとかなりの目方になった。彼は時折外へ出て見た。風はいっこうにおさまる様子はなかった。山側の飛雪は依然としてはげしかったが、下界の朝靄が晴れて、山中湖が黄金色に輝いて見えた。

黒い胃の腑として、ずっと彼につきまとっていた山中湖が黄金の鯨《くじら》のように輝いて見えると、彼は、なにかしら、すべてが、いい方に解決されたのではないかと思った。六人は七合八勺の避難小屋にいるかも知れない。いや居ると考えるべきだ。あのベテランの杉本一好が、あのくらいの霧で道をあやまることはあるまいと思った。

登山者の列は長く延びた。先頭の三人がかなり速いピッチで登って来る。

槇沢節造は腕時計を見た。十時五分前だった。彼は、にぎり飯のいっぱい入ったルックザックを、よいしょとかつぎ上げた。

登山者の先頭が吐く息が白く見えた。意外に軽装だった。この冬富士へ登るのに、あれでいいだろうかと思ったとき、槇沢は、その登山者に話しかけて見たくなった。

「こんなに風が強いのに登れますか」

先頭の男は槇沢のことばに押えられたように立止って、うしろを向いて、あとから登って来る二人の男の顔を見た。三人は、戸惑ったような顔をそろえて、槇沢の方を見たままだった。近よろうとしなかった。

三人のひとりが手を上げて、すぐ下を登って来る男に合図した。

四番目の男は、その合図に答えると、明らかに槇沢を目ざして、雪の斜面をかけ登るようにやって来る。その男が、三人の若い男のところまで来たときに、槇沢は、おやっと思った。どこかで見たような男だと思った。男は更に近づいて来て、雪眼鏡を取った。

「居たぞう」

彼は槇沢の顔を見て叫んだ。御殿場測候所の若宮技官だった。

「若さんなにかあったんですか」

槇沢は若宮だとはっきり分ると、その背後につづくおびただしい人数が、行方不明の六人を捜索するための要員ではないかと思った。

若宮は、槇沢には答えず、下へ向って、居たぞ居たぞと叫びつづけた。その声は下へ下へとリレーされていった。

きらきらと朝日に輝く雪面の上を一列になって登って来た登山者は、若宮の声で停止して、いっせいに二合八勺の避難小屋を見上げた。

槇沢節造を霧の中で見失った杉本一好たち六人は、あらゆる可能な方法で槇沢を探したが見つからなかった。杉本一好等六人は、七合八勺の避難小屋につくと、携帯用無線電話器《トランシーバー》で槇沢節造が行方不明になったことを頂上測候所と御殿場の基地に知らせた。東京管区気象台内に遭難対策本部ができたのは、槇沢が二合八勺の避難小屋にたどりついた頃だった。

救助態勢は徹夜で整えられた。地元山岳会、自衛隊富士学校等による救援隊が編成されて、翌日の未明には行動に移っていた。槇沢節造を二合八勺の避難小屋で最初に発見したのは、御殿場山岳会員だった。

「御殿場口でこんな大騒動を起したことはまずねえずらよ、これからも、あってはならねえ」

救援隊に参加した地元の人が云った。しかしそれ以上の大騒動が御殿場口太郎坊で起きたのは、それから五日目のことだった。ＢＯＡＣ機墜落事件だった。そのころ御殿場口太郎坊の雪はまだ消えていなかった。

蔵王越え

1

宿に帰ると、二人に宛てた洋子からの手紙が待っていた。関根脩治が封を切って、帆村実と顔を並べて読み始めた。

(帆村さんと関根さんが蔵王《ざおう》の高湯に居られることを知って、大変驚きました。だって、私達は蔵王の東と西に向き合っているんですもの)

手紙の表書には関根の名前が先で、第一行目の冒頭には帆村の名前が書いてあるのに関根はちょっと変な気がした。洋子が蔵王の東山麓の峩々《がが》温泉にスキーをやりに来てもう一週間にもなるということも意外であった。洋子は関根の妹からの手紙で二人のことを知ったらしかった。

(脩治さんたら、なんて意地悪の方なんでしょう。そういう計画があったら、私を誘って下さればいいのに、私の下手なスキーの相手をしていたら思う存分滑れないからって……そう云うわけかも知れないけど……）

ちょっと頬をふくらめて、軽く睨んで見せる洋子の澄んだ大きな眼が関根の頭に浮んだ。帆村が誘いかけさえしなければ、当然洋子を誘うつもりだったが、……彼はその責任を帆村にかぶせかけながら、実は洋子とのスキー行は、帆村の居ない時を選びたかったのだと、心で洋子に弁解していた。

（帆村さんの胸のすくようなあのすばらしいジャンプターンを、今年の冬も見せて頂きたかったけれど……）

洋子を帆村に紹介してやった赤倉スキー場のことを関根は思い出した。真紅のアノラックに真紅の手袋、雪の中に咲いた花のような服装をした洋子が、帆村のスキー技術に讃辞を浴せていたことは、関根にとってあまりいい印象として残ってはいなかった。

（お二人のスキーの腕前ならば、刈田越えのツアーコースを通って峩々温泉まで来ることはそう困難ではないでしょう……わたしは、かすかな希望を持って待っています）

洋子の手紙はそこで終っていた。洋子と記名して、帆村実の名前を先にして、二人の名前が書いてあった。追伸として、

（でもこの蔵王越えは難コースだっていうから御無理をなさらないでね）

後半面が空白だった。手紙を覗き込んでいる帆村の呼吸《いき》が関根に感じられる。

赤倉で帆村に洋子を紹介してから、二人が交際しているかどうかは関根は知らなかっ

たが、洋子がこの手紙を書くに当っての気の使い方が関根には不満であった。彼は洋子が自分の名宛で手紙をくれ、その中に帆村のことをちょっと触れる程度にして置いて貰いたかった。当然洋子との関係は友情以上のところまで行っていると思っていたのに、この手紙に書いてある関根と帆村に対しての名前の序列も、字数の配分もほぼ平等であって、いわば二枚の切手代を一枚で済ましたような手紙が、どういう意味を持っているのか、関根には分らない。彼は白い余白を見詰めていた。

「やって見るかな……」

帆村の突然の発言は関根の気持を更に動揺させた。やって見ようという計画をずっと前から洋子との間にしてあって、その決心を自分自身に云って聞かせるようでもあったし、関根の気持を確かめる風でもあった。危険だよ、あのコースはと、関根に云わせて、じゃあ俺一人でやろうと云いそうにも思える。

「勿論僕はやるさ」

関根はそう云ってから、それでは一人でやれと、帆村にうまく身をかわされた場合、どういうことになるか、ちょっと不安でもあった。

「相当な強行軍だな」

帆村が云った。お前の技術で大丈夫かと念を押されたように関根には聞えた。

(ふん帆村の奴め、ゲレンデスキーに毛の生えたくらいの腕をして、それを鼻にかける……）

「……だが帆村、このツアーコースにはジャンプターンを使って見せる必要もあるまいからな……」

帆村の顔が瞬間こわばったが、彼は煙草を一本出して、それに火をつけながら、

「じゃあ、やることにしよう」

言葉は短かったが、動かすことの出来ない結論になっていた。気まずい空気が二人の間をとりまいていた。帆村は関根の頭ごしに、電灯目がけて、しきりに煙草の輪を吹きかけていた。

二日待っただけで、三日目に二人にとって幸運とも不幸とも云い難い好天気がやって来た。霧《ガス》の多い蔵王でこういう天気は珍しいことであった。彼等は七時過ぎにドッコ沼の山の家を出発していた。遅くとも、午後の三時までには山を越えて峩々温泉につく予定だった。ザンゲ坂を登るに従って樹氷の怪物《モンスター》はその奇妙な姿を更に怪異に変えて見せた。樹氷の円塔や尖塔の輝きと、それらが作る影の交錯の中に太陽はゆっくり上っていった。熊野岳一八四一メートルの頂上にスキーをかついで二人が立った時は十一時に近かった。強い西風が吹き上げていた。その西風に正対して遠くを見ていた帆村が振返って関根に云った。

「どうもよくないな」

彼はそういいながら首を振った。

「なにがよくないんだ」

「朝日岳に雲がかかっているぞ」

山形盆地をへだてて遠くに出羽三山、朝日岳が見えた。朝日岳のいただきに笠雲がかかっていた。重量感のない、吹けば飛ぶような軽い雲に見えていながら、ひどく粘着力を持って山の頂にしがみついていた。

「あの雲がどうしたんだ」

「朝日岳に雲が出ると、蔵王にも必ず雲がかかる、云わばこれが冬の法則のようなものなんだ」

帆村はそう云って、かついでいたスキーをそこに下ろして関根の顔を見た。帆村がそういうことを誰からか聞いて知っていることの驚きとは別に、そういう調査を帆村が勝手にやったのだと考えると不愉快になった。帆村に大事な事を一つだしぬかれたような気がした。

「で、引返そうと云うのか」

「その方がいいと思うが」

帆村の顔に不安の色があった。たしかに帆村は天候の変化をおそれているのだな、そう思ったとたんに関根は、

「僕は引返さないよ、急げば天気が変るまでには峩々温泉につけるだろう」

そう云って、帆村がどう出るかを待った。

「大変なことになるかも知れないが、どうしてもそうするのか」

帆村は関根の決心をたしかめる積りらしく、雪眼鏡《サングラス》の奥で眼を光らせていた。

「やるよ、スキーツアーには自信がある」

そう云ってから関根は、すぐばかなことを云ったものだと思った。自信があるということは、自信がないことを、スキー技術において一歩自分より先んじている帆村の前に告白したようなものだった。

「ことわっておくがな関根、僕は君と競争しているのではないんだよ。パーティーなんだよ僕等は。妙な意地の張り合いはやめようじゃあないか——勿論君がどうしてもやるというなら僕は同行するがね」

関根はそういう帆村の顔を、負けるもんかこいつに、そう思いながら睨んでいた。

2

熊野岳から南方二キロメートルのピーク、刈田岳一七五九メートルの頂上に刈田嶺神社の小さい祠《ほこら》が高い石垣にかこまれている。氷の殿堂となって西風に耐えていた。

そこまで来ると、天候は明らかに変化していた。朝日岳にその兆候を見せた雲は翼を早い速度で東へ東へと延ばしていた。輝いていた太陽の光がうすらいだのは、既に眼で見える雲よりは、もっと大掛りの雲が襲《お》し寄せつつある前提でもあった。

「やって来たな」

帆村はそういって、ふくらんだルックザックをゆすり上げた。どうだ俺の云うとおりだろう、そう云っているようだったが、関根にしても、その気象の変化を見逃すことは出来なかった。

「清渓小屋に逃げこむか」

続いて帆村が云った。山の南面を滑り降りて清渓小屋に行きつくことは、霧にかこまれないかぎり距離的に云ってそうむずかしいことではないと思われた。

「びくびくするな帆村、飛ばせば一時間半で猗々温泉まで行けるぞ」

そこに洋子が待っているんだ。関根はスキーのストックを持ち直した。ウインドヤッケを被った帆村の頭が関根の方へちょっと動いた。ふん、大したスキーの腕前でもないくせに、そう鼻であしらっているようだった。第一の指導標を吹きさらしの尾根に発見することは容易であったが、第三の指導標のあたりから、樹氷群を切り開いた、ゆるやかな直線コースに掛った時、全く突然に、いきなり灰でもぶっつけられたような濃い霧が二人を取り巻いた。二人の上げたスキーの粉雪がそのまま雪に化けたような早業であった。足元も見えない程の濃い霧であった。目かくしされたも同然であった。声を掛け合うことで、相手を確かめ、位置の観念が一メートルばかり延びたが、沈黙すると、下り坂を進んでいるという感覚以外にはなにも残らなかった。スキーという重宝な足は、ここではかえって危険であった。

「帆村、ひどいガスだな」

関根が声をかけた。帆村の云うとおりにして、熊野岳の頂上から引返すべきだったと後悔しながら、今更、それを詫びるのも、体裁が悪かった。

「おい関根、もっと近くに寄ってくれ、相談がある」

帆村が霧の中で云った。地図を開く音が聞えた。地図をルックザックの上に拡げて、その上に磁石を置き、地図をなめるようにして見ながら、

「この地点にいることだけは確かなんだ、清渓小屋は一キロそこそこの所にある。この辺から東南東に向って歩けば、井戸沢《いどざわ》と金吹沢《かなぶきざわ》に挟まれて、清渓小屋がある筈だ。この二つの沢の間に入って、付近を探すのだ。多分見つかる、そう心配はいらない。こう云う場合は歩き過ぎないことなんだな」

帆村が磁石を持っていたことと、ガスに巻かれて、直ぐそうした落着いた態度を見せたことを関根は意外に感じた。

「これからどうするんだ」

と関根は云ってしまって、二人のパーティーのリーダーシップはこの瞬間から帆村の

手に握られるのではないかと、フト思った。そうはさせたくない、そうすれば洋子の前で帆村に頭を下げたことになる。

「目標のないガスの中で、磁石は余り役には立たないが、切り開きの道を踏み外さないように進むにはいくらか便利だろう」

そう云って帆村は関根を先に歩かせておいて、背後から地図と磁石で大体の方向を大声で知らせてやった。歩いた距離は歩数で数えていた。霧の中のこうした航法は遅々として進まなかったが、それでも関根は、地図と磁石によって動いていると考えるだけで、間もなく清渓小屋に行きつくような気がしていた。帆村にリードされているのではない、五分と五分の協力なんだと、自分に云い聞かせていた。

霧は愈々《いよいよ》濃くなって、自分の手が見えなくなった。いつか切り開きの道から樹林に踏み込んでいた。道を失ったと知った時から、関根は帆村の航法に疑問を抱いた。

「そんなことをやっていたら、日が暮れるぞ。大体この辺だと見当がついてるんだから、歩き廻って探した方がいいじゃないか」

関根の理屈は多分に偶然性に頼ろうとしているものであったが、霧の中の行動半径を有効的に拡げるという意味で確かに一理はあった。

「いや、そんなことをしちゃだめだ」

「なぜだ」

「なぜだって？　その説明も不要なくらい明らかのことだ。この濃霧の中をさまよい歩いて、疲労して、日が暮れて、寒気が来て、次にはなにがくる、こう云う場合の常識ぐらい君だって知っているだろう」

霧の中の帆村の声は関根を叱り飛ばしているようだった。

「僕に説教してるつもりなんだな」

「おいおい関根、どうかしてるぜ君は。こうなったらやることは一つだ、雪洞《せつどう》を掘って、もぐり込むしか手はないんだ」

関根は心では帆村に賛成していたが、帆村の落着きぶりが自分より上に立とうとしている、見せかけに感じられると、なんとしても、そうしようとは云えなかった。

「この雪の中でどうして野宿《ビバーク》が出来るもんか、夏山じゃあるまいし」

「じゃどうするんだね君は」

「あくまでも小屋を探すさ」

「どうしてもそうしたいなら君だけはそうしたまえ」

帆村の突放すような言葉がぷつりと消えると、スキーの締金をはずす音がして、続いて雪を掘る音が聞える。

「日没まで二時間はある。それまでに雪洞を掘ることが出来るぞ」

「二時間あれば、俺は小屋を探して見せる」

関根は雪の中に踏み込んでいった。十歩も歩かないうちに彼は樹氷を被っている立木にぶっつかって、突き飛ばされたように雪の中に倒れた。

「無理するな関根、穴掘りの手伝いをしろ」

そう云う帆村を関根は心の底から憎んだが、その場を立去ることは出来なかった。彼はスキーを脱いで、帆村と共に傾斜面に穴を掘りながら、帆村より俺の方が倍も力があるし、穴掘りもうまいんだと自負していた。

「夜になると風が出るぞ」

帆村が云った。

「おどろかすつもりなのか」

「吹雪になるんだ、だから風と反対側に穴を開けようとしている……」

「この穴で夜の寒さに耐えられるのか」

「今夜一晩だけならば、おそらく僕等は生きておられるだろうよ」

霧と霧が話し合っているように二人の顔は見えなかった。

3

遭難には違いなかったが、彼等の場合は多少一般の場合と条件を異にしていた。彼等が雪洞を掘りにかかった時は、まだ肉体的に余裕があったし、それに日暮れまでの二時間という時間があった。

入口はスキーのストックを支柱として、ツェルトザックでふさぎ、雪洞の中の雪の上にビニール製のシートを敷いて夜営の体制に入る頃になって、吹雪になった。

「これで寝袋《シユラーフザツク》さえあったら文句はないが」

帆村が云った。身につけられるものは全部着て、靴下は乾いたものに穿《は》きかえ、一つのルックザックの中に二人で足を突込み、肩をくっつけ合っている頭の数センチ上には雪洞の天井があった。

暗闇の中での、寒気との戦いが始まっていた。

「夜半を過ぎると寒気は厳しくなる、睡眠はそれまでの間に取って置かねばならない、関根、君から先に眠れ」

なにからなにまで、計画的である帆村のやり方に関根は、おそれと疑惑を抱き始めていた。帆村のルックザックの中には、非常食糧として、ビスケット、ドウナッツ、チーズ、ベーコン、乾ブドウなどが用意されていたし、ビバーク用のシート、鉈《なた》、ナイフ、固形燃料さえ持っていた。毛糸の手袋、靴下、セーターの予備も持っていた。彼のルックザックのふくらんでいた理由はそれで分ったが、そういう準備のやり方から見て、彼がこうした野宿《ビバーク》を予定していたことは間違いなかった。

「東京を出る時から、その気でいたんだな、君は」

関根が云った。

「その気って、どういう気なんだ」

「このツアーコースをやる気でいたんだろう、洋子さんと打合せでもしていたのか」

「このツアーコースでなくてもよかったが、やる気ではいた」

洋子のことには触れなかった。

「それならなぜ僕に始めから相談してくれないんだ、僕だって用意をして来たのに」

「君には無理だよ、ツアーコースは」

「なぜ無理だ」

「無理の理由は、現在が証明しているさ」

帆村の云い方にむっとしたが、すべて帆村に依存しつつある関根にはなにも云うことは出来なかった。セーターも一枚借りて着ている。赤い毛糸の靴下も借りている。それを重ねて穿かなかったら、朝までに足に凍傷を起すに違いない。関根は、敗北感を味わされたまま、首を垂れた。

「関根起きろ、君は三時間眠った。今度は僕の番だ。懐中電灯で時々、入口を見るのだ、雪で入口がふさがらないように用心してくれ」

夜番を関根にゆだねると、帆村は直ぐ眠りだした。帆村が眠ると、関根は急に不安になった。吹雪が外で音を立てていた。時折風の吹き廻しで、飛雪が吹き込んで来て、頬に当ってとけた。手はウインドヤッケの下に入れているから冷たくはなかった。足は靴を脱いで、二重に靴下をはき、帆村と合わせて、四つの足首の上をビニールで巻き、二人のルックザックを二重に重ねて、その中に突込んでいた。寒気は背中からまず攻撃をはじめていた。関根はたえず身体を動かしては、その寒気に耐えようとした。

（帆村の奴、俺を降参させる気でいるんだな、ドッコ沼の山の家を発つ前に一言云ってくれれば、俺だって靴下の二、三足はなんとかして……）

と、帆村から借用している真赤な毛糸の靴下のことを思い出した。しゃれた靴下だった。帆村にふさわしからぬ靴下の色でもあるし、その靴下には白く頭文字が編み込んであった。突然、洋子の真赤なアノラックのスキー姿が浮んだ。赤い靴下からの連想であったが、関根はそれを偶然のものとは考えなかった。ひょっとすると、この靴下は洋子が帆村にプレゼントしたものではなかろうか、それに違いないような気がした。すると、洋子と帆村は、自分と洋子との関係よりもずっと進んでいるに違いない。あの誘いの手紙こそ、くせ者だ。二人で示し合わせてのいたずらとすれば、自分こそいい笑い者である。足を動かすと、靴下をへだてて密着している帆村の足が感じられる。関根は帆村の足指をきゅっと踏んでやった。

「もう三時間眠ったのか」

「いや、……風が変ったようだ」

帆村はぐっと身体を起して、寒いのか身震いをしてから、懐中電灯を入口に向けた。確かに吹雪の様相は変化しつつあった。シートの間からの粉雪は入口をふさぎに掛っていた。

「風の方向が変ったぞ、これは天候恢復の前兆だ」

帆村が云った。

明け方に近づくにしたがって吹雪は収まっていくようだったが、寒気がひどくなった。とてもじっとして我慢出来る寒さではなかった。二人は肩をぶっつけ合ったり、足を踏み合ったりして、寒気に耐えていた。

夜明けと共に吹雪はいくらか収まったようだが、天気は恢復していなかった。

「間もなく霧《ガス》が出るだろう、それまでに小屋が探されるかどうかで、今度こそ僕等の運命は決するぞ、小屋さえ見つかれば、たとえ人が居なくとも、これだけの食糧で三日は待つことができる」

雪洞を出るとすぐ、帆村が云った。

「待つって、当てにならない救助隊でも待つと云うのか」

「当ては大いにあるさ、僕は発つ前に洋子さんあてに、電報で出発時刻とコースを知らせてあるんだ……」

このことも関根には初耳であった。よくしてくれたと感謝するよりも、出し抜いたなと、帆村を責める気持の方が強かった。

「君と洋子さんとは、あらかじめ示し合わせていたのだな、こんどのこと……いい気になって引張り出された僕こそ迷惑だ」

「どう考えようが君の勝手だが、僕に取って君は相当な重荷になっていることは事実だよ、あまり文句を云うな、疲れるばかりだからな」

「おい帆村、僕は本当のことを知りたいのだ、どうしても君と洋子さんはくさいぞ、白い頭文字の編み込みのしてある赤い靴下だって、洋子さんに貰ったものだろう——」

並んで歩いている帆村のスキー靴に眼をつけて云った。

「関根、君は確かに遭難しかけているぞ、少なくとも君の心は遭難していると見ていい、幻想を描いているからだ、毛糸の靴下の頭文字の編み込みなんか、どこの運動具店だって頼めばやってくれるじゃあないか、ばからしい」

帆村は関根を置いて、さっさと歩き出した。帆村のスキーをはいた姿勢は少しのくずれもないし、疲労も見えなかった。関根は帆村の跡を追従しながら、まだ靴下にこだわっていた。木の枝につもった雪がばさりと落ちて、彼の頭を打った。ちょっと軽い眼まいがした。彼の頭のずっと奥の方で、洋子の笑い声がした。

(私はお裁縫だの編み物なんて大きらいよ、そういうことを好んでする女の人も嫌いだし、させようとする男も嫌い)

ずっと前云った洋子の言葉がはっきり彼の耳元で聞こえた。畜生め、俺はどうしたと云うのだ。たった一晩の野宿《ビバーク》で、頭がどうかしたのか、関根は自分をしかりつけるつもりでストックを振り上げて、前の木の枝をたたいた。続けて雪の塊りがいくつも落ちた。落ちた針葉樹の枝の間から、樹氷が見える。吹雪の名残りは樹氷を取りまく細氷の飛雪となって木の影を廻っていた。そこに一カ所だけ、斜め横に走る黒い翳《かげ》があった。立木が倒れたようにも見えるし、なにか人工のもののようにも見えた。ゆるい傾斜がそこまで続いている。関根はその陰翳《いんえい》に向って、滑っていった。それが小屋の屋根だとはっきりした時、関根はストックを上げて帆村を呼ぼうとしたが、止めた。呼べば帆村のことだから、すぐ来るだろう、その時云う言葉を彼は考えた。

(君の眼にはこの小屋は見えなかったのかね)

それから関根は洋子の待っている最終点で、帆村より自分の方がスキーツアーにかけて如何に勝れていたかの決定的の言葉を用意した。

(僕が清渓小屋を発見するまでは、おそらく二人は生きるか死ぬかの境目にいたでしょうね)

そう云った時、帆村がどんな顔をするか、見てやりたい。関根は小屋の前でスキーを脱いで、身体の雪を払ってから、樹氷の森に向って、エイホーを呼びかけた。帆村からの、応答があった。続けて関根は小屋があったぞ、と知らせてやった。

（どうだい、俺は貴様に決して負けてはいなかったぞ）

そう云うつもりで叫んだ筈の関根の声は、まるで助けを求めているように弱々しい響きを持って、樹氷の間をよろめいていた。

愛鷹山

1

小沼美根は、仕事中に山のことを考えないことにしていた。山のことを考えていると、彼女のたたくタイプに必ずミスが出た。だから彼女の眼の届くあたりには、山の写真も山岳カレンダーも置いてなかった。彼女は一年間に当然休む権利のある二十日間の年次休暇と、一カ月に二日間の生理休暇を上手に休日に加算することによって、月に一度はどこかの山へ出掛けていった。美根は二十七歳、官庁の文書課に席を置く、役所務めにはあまり見なれない、すぐれた体格と美貌の女であった。

美根は十一時半までに十通の文書をたたき上げた。課員がそろそろ地階の食堂へ出ていくのを見て、後に残っている男達のために、お茶を入れようかと考えていた時、植松七郎から電話がかかって来た。

「今度の土曜から日曜にかけて愛鷹山《あしたかやま》へ出掛けませんか」

植松は電話をかけるにも、口を効くにも、必要以上のことはあまり話さなかった。そういう彼に馴れている美根であったから、

「貴方の他にはどなたがいらっしゃるの……」

「僕のほかにはあなただけです」

「では二人だけなのね……」

美根は返答に困った。彼女の山の実歴は七年あったが、一度だって、男女二人だけのパーティーを組んだことはなかった。彼女は主として数人のパーティーのメンバー、それも好んで男二、三人の中に一人で割込むようなパーティーに入っていた。登山家として旗をかかげている者同士だったなら、たとえそれが男女二人だったとしても、別にどうの、こうのと妙な詮索をする者は居ないけれども、美根はそういう組合せをあまり好まなかったし、男の方でも、彼女と二人だけで山へ登ろうと誘う者はいなかった。別の見方をすれば、百五十人の会員を有する嶺風山岳会の会員の中に、美根の存在はそれだけ特異なものとして見られていたとも云える。

「どうしますか小沼さん」

植松の声が美根の返事を催促した。

「お願いしましょうかしら」

そう云ってしまってから美根は大事なことを決めるのに簡単過ぎはしないかと思って、

「でもわたし……」

と云いかけるのを植松は太い声で押しつぶすように、

「準備は全部僕がしますから心配いりません」

それから後はごく事務的に御殿場行の汽車の時間を知らせて電話を切った。

食券売場の列に加わっても、電話のことが気になっていて、なににしますかと云われて、さて、なににしようと陳列棚に眼をやった。うどんを食べていながらも、植松と二人だけで山へ行くと云うことが彼女の頭を押えつけていた。拒《こと》わろうかしら、その方がよさそうな気がした。文書課へ引返して、電話をかけさえすれば、それですむことだ、そう決めかけて、お茶を入れるのを忘れたことを思い出した。今、部屋に帰れば、便所以外には身体を動かそうとしないあの中老達の非難の眼に迎えられ、すみませんと云いながら、お茶を入れてやらなければならない、そのわずらわしさが、今日に限ってひどくいやなことに思えた。彼女はそのまま外へ出た。アドバルーンの上に、ふわりと雲が浮いていた。春はもうそこまで来て待っていた。

美根は雲を見ながらずっと遠くの山のことを考えた。植松七郎との南アルプス縦走コースの思い出は、ひどく俗っぽくて、それでいて奇妙に頭に残るものであった。

植松がリーダーとなって、男四人と美根を含めて五人のパーティーが、甲斐駒から早

川尾根を鳳凰三山にかけて縦走した時のことである。七丈小屋を出発する前に、植松七郎が、

「小沼さん、あなたの荷は軽すぎるな、水筒を持って貰いましょうか」

と云って、予備の水筒二個を美根の分担にしたことがある。女性が男性パーティーに混って行動する場合、女の人数が多ければ多い程、荷物の分担が男性側に多くなることは当然のことである。それにもかかわらず、リーダーの植松が、美根を女性として扱わず、他の隊員並に扱った時から、美根はこの植松という黒い顔の男が、少々変っているなと思っていた。それまでの美根が経験した山登りにおいて、他の男性が見せようとする好意を、裏返しの形として、現わしているふうにも見えた。それならそれでもいい、今にボロを出すだろう、一行から遅れたら近寄って来て、荷物を持とうと手を出すか、そうでなければ、もっと苛酷の扱い方をするか、いずれにしても男のすることは単純である、そう思って彼女は別に気にかけなかった。しかしこの縦走の終点鳳凰三山につくまでの三日間、植松は美根に対して、隊員としての公平な取扱い以上のことはなにもしなかった。這松《はいまつ》と岩稜の間から、右手に見えるピラミッド形の北岳の、叩けば響きを上げそうな胸壁に眼を奪われて、足を滑らせた時も、別に文句を云わなかった。

地蔵岳の頂上、地蔵仏岩《ほとけいわ》の根本に立った美根は、この縦走路の最後の山嶺に立ったという感激よりも、その尖塔岩《オベリスク》の奇妖さに打たれて、しばらく口がきけなかった。

二本の指を揃えて空中に突出したような尖塔の根本には無数の筍《たけのこ》状の巨石が、自然のままに風化された中にも、配列の順序を整えて、取囲んでいた。白い砂の中から頂上に向って延びている這松の緑が八月の強い太陽の下で健康な呼吸をしていた。

美根はオベリスクに手を触れた。何万年も、そのままの形で、霧を吸いこんだように石の肌は粗《あ》れていて、冷たかった。

「あなたは結婚する意志がありますか」

突然にこういう言葉を、こういう場所で植松から聞こうとは思っていなかった。そういう彼は胸のところで腕をくんで、オベリスクのてっぺんを見上げていた。まるで岩に向って、話しかけているようだった。

「わたしのこと……」

美根はこの黒い顔の野人の独り言を聞き捨てには出来なかった。

「ここにはあなたしかいない……」

そういいながら植松は彼女の方に向きをかえて、

「結婚する意志があったら僕のことを考慮に入れて下さいませんか」

それだけいうと彼は、美根の答えも待たず、さっさと下へ降りていった。

植松が美根に対して特別な態度を示し始めたのはこの事があってからである。彼は、彼の山登りのプランには必ず美根を加えることを忘れなかった。植松が美根に好意以上のものを持っているという噂が、一とき、嶺風山岳会の中に流れたが、それが噂に止まって、それ以上の発展を見せなかったのは、植松の美根に接する態度がリーダーとパーティーという範囲以上には積極性を示していないことによるのだろう。

しかし、美根には植松が彼女の後について来る足音をはっきり自覚していた。彼女がどういう行動を取っても、彼女の背にそそがれている植松の視線があることを知っていたし、偶然二人の視線が合った時、なんでもないような顔をしていながら、内心では大いにあわてていることも分っていた。

たしかに植松は前の植松ではなかったし、こういう植松に引きつけられていく美根自身、どうしていいか分らなかった。時折、美根は眼をつむって彼のことを考えて見た。浮び上って来るものは彼の黒い顔だけだった。彼に会わないではいられない程の強烈な感情は湧いて来ないにもかかわらず、美根は植松からの連絡をいつも待っていた。

美根は近いうちに植松が必ず切り出して来ると思われる結婚の問題について、その期待以上に大きな恐怖を持っていた。

「美根さん、わたしたち姉妹は結婚してはならないのよ」

五年前、美根の姉が死ぬ前に洩らした言葉が、結婚という問題が現実に迫る度に美根を押えつけた。

美根の姉が黒部峡谷で死んだのは過失ではなく自殺に間違いないと美根は思っていた。

その日、黒部の十字峡の吊橋を姉の愛人、姉、美根の順序で等間隔を置いて渡っていた。密林に掩われた峡谷には、陰惨な空気がただよっていた。ずっと下の方にみどり色の水をたたえた淵が大きな渦を作っていた。下をみれば震えそうに高い、揺れて動く吊橋だった。多量な湿気を含んだ冷たい風が美根の頰をなでた。前にいる姉が、歩くのをやめて川の面に見入った。姉の顔があまりに青く、眼が異常な輝きを持って見開かれている様子に不審をいだいて、姉さんと叫びかけると同時に、姉の身体は吊橋を離れていた。

姉に愛人が出来て、結婚を眼の前にひかえて苦しんでいるのを美根は知っていた。その原因が精神病院で死んだ彼女等の母にあることも美根はよく分っていた。

植松が接近すればするほど、美根は姉の死を自分に置き替えて考えた。姉の見た死の幻影が何時不意に自分を訪れるかも知れないという恐怖は彼女を結婚から遠ざけようとした。

「愛鷹行のこと、お拒わりしようと思うんですけど」

一晩考えた揚句、美根は植松に電話をかけた。

「なぜ、やめるんです」

美根は周囲を見廻して低い声で、

「二人だけでは……」

と云いかけると、植松の怒鳴るような声が彼女の言葉を打ち消した。

「それだけの理由なら理由にはなりません、天気が悪くないかぎり決行です」

植松の声は、リーダーとなって指揮を取る時の声のように、承知させずには置かない強い響きを持っていた。植松にそう云われると、結婚を前提としての愛鷹行と考えていたことが、自分だけの思い過ごしであったような気もした。美根は受話器を置いて、窓の外に眼をやった。もう拒わることはできないという心のしこりが、彼女の美しい顔を暗くした。

2

二人が愛鷹《あしたか》山山麓、須山《すやま》村に宿を取った夜、夜半過ぎて半鐘が鳴った。二階の部屋に一人で寝ていた美根は、すぐ身仕度をして雨戸を明けた。火事は遠かったが、風がないせいか、炎は真直ぐに立っていた。黒光りのした広い階段を降りると、家人は火事場へ行ったのか見えず、植松が一人で囲炉裏の火を守っていた。

「こんな寒い夜に、火事を出すとは……だが風がなくてよかったね」

植松は囲炉裏の灰を火箸の先でならしながら云った。

「半鐘の音って、とても怖いものね」

美根は炉端へ坐って、植松のならした灰に眼をやった。丁寧にならした灰の上に、美根、みね、ミネ、女流登山家などという字が書いてあった。

「女流登山家って、あまりいい言葉ではないわね」

美根は、それと関係ある自分の名前のことは、こと更に無視してそう云った。

「名称もいやだし、僕は女流登山家ってものが、貴女を除いては全然嫌いなんだから……」

植松はそう云いながら、灰の上の女流登山家という文字の上に火箸で二本棒を引いた。

「だから？……」

美根は植松の言葉につりこまれるように坐り直した。薄い座布団を通して板の間の冷たさがしみる。

「だから貴女は今度の愛鷹山縦走を最後に山登りをやめて貰いたいのです。そういう条件で貴女と結婚したい、あなたは当然そうすべき人だと思うんだ」

「まあ……随分勝手ないい分だわ」

「勝手かも知れないが、そうなんだ、愛鷹行を僕と二人だけでやることにこだわっていたあなただから、確かに僕との結婚について考えていたに相違ない」

「それはこだわっていたわ……でも、でもあなたの考えは余り独断すぎる……」

半鐘はまだ鳴っていた。ひっきりなしに外を人が走っていった。泣き叫びながら通っていく女の声と、それを鎮めようとする幾人かの声が乱れ合いながら遠のいていった。

「わたしは……わたしは結婚出来ないのよ」

美根はその言葉を自分自身に云った。榾《ほだ》の火を顔に受けて怒ったように赤い植松と、そのまま対坐していることがたえがたい苦痛であった。


寒い夜明けだったが、朝靄《もや》の中から、ウグイスの声が聞えていた。大きなルックザックを背負った植松が美根の先を歩いていた。縦走コースがそう困難のものではなく、それに天気がいいのにもかかわらず、彼の荷物が大きいのは、おそらく天候の急変に具えてのビバークの準備だろう。背後から見たルックザックの大きさから、美根は植松の自分に対する深い配慮を感謝せずにはいられなかった。

平凡な登り道が続いていた。富士見台から富士山の全容を眺めながら、ここで見る富士山が日本中で最も雄大で美しいのだと説明する植松の顔に陽がさしていた。確かに雪をいただいた富士山は胸にせまって、大きかった。麓から仰ぎ見る素肌の富士でもなく、遠くから見なれている平凡な三角形でもない。千何百メートルかの踏み台の上に立って広い裾野を中に挟んでの、富士の偉大さに対決した感じだった。

「この前、ここへ来た時に、誰かがでっけえなあと云ったんだ……全くここで見る富士はでっけえな」

植松は一人ごとのように云ってから、美根に、いたわるような眼を投げた。

「元気ないね、小沼さん、無理だったら、そのルックをかついでやろうか」

美根は、ついぞ植松の口から聞いたことのない、不思議な言葉にはじかれるように立ち上った。

「少しもバテては……疲れてはいませんわ」

バテるといいかけて、こう云う種類の山言葉を極度に嫌っている植松のために、疲れていると云いなおしたのだった。

愛鷹山連峰のうち最高峰の越前岳から呼子岳のいただきまでは樹林の中の道であった。日かげにまだ雪が残っていた。ルックザックを開いたが、美根は食慾がなかった。彼女はドウナツ一個とチーズ二片とミカン一個を食べただけだった。食事が終ると、植松は荷物の点検を始め、身ごしらえを整えた。黙っていても、困難な場所にかかる気がまえが、彼の顔に見えていた。割石峠《わりいしとうげ》から、蓬萊山を越えて、鋸岳三枚歯《のこぎりだけさんまいば》の最難所にかかる手前で植松はザイルの用意をした。

「さあ、これからが面白いんだ」

彼はザイルの輪を美根の身体にかけようとしながら云った。

「ちょっと待って下さい」

美根はザイルを受けずに、しばらく呼吸を整えていた。左が大沢の爆裂火口、右側が熊谷爆裂火口、ほとんど垂直に近い絶壁が彼女の眼には数百メートルの高さにも見えた。

谷から吹き上げる風が彼女のナイロンジャンパーの上を吹き通っていた。

「さあ、どうしたんです小沼さん」

彼女は眼を上げて、植松の顔と、その先に並んでいる鋸岳のいくつかのピークに眼をやった。

(私にあのピークが越えられるだろうか)

そう思った時、美根の膝が慄えた。七年間の山登りの体験からして、このコースは大して恐がる程のものではなかった。植松のザイルがなくても、やって、やれないことはないということを、出発する前に案内書で調べてあるし、人にも聞いていた。それにもかかわらず、美根はひどく自分が心細かった。

「ルックをこっちへよこしなさい、なにもこわがることはないでしょう、僕を信頼してついて来ればいいんだ」

「ここを越えねばいけないの……」

美根の顔にはもう明らかに恐怖の色が浮んでいた。相手が植松でなかったら、この悪場を怖れはしないだろう。この悪場を植松と越えて、愛鷹山縦走を完成させた時、多分自分は植松と結婚することになるだろう、きっとそうなるに違いない。そんな気がしてならなかった。

(わたしは植松を嫌いではない、この鋸の歯渡りだって、そう困難だとは思わない、け

れど私は結婚が怖い）

美根は、静かに首を横に振った。

「わたしには無理だわ……」

「このまま引返せというんですか」

植松はザイルの先で、ぴしゃりぴしゃりと自分の身体を打ちながら云った。

「そうしますわ、あなたは、わたしにおかまいなくどうぞ——」

「なにもかもおしまいにしようというんですね」

なにもかも、というほど深くは交際していないにもかかわらず、植松のことばが美根には強く響きすぎて、こらえていても涙が出そうだった。

「じゃあ貴女を送って帰ろう」

「いいのよ、ほんとうに私一人でいいの」

植松は、あきらめ切れない眼を彼女に投げてから空を仰いだ。山雲とも霧ともつかないものが、愛鷹山塊を包みにかかって、視界全体がちぢまっていた。

3

道は一本道、はっきりしていて、さっき通って来たばかりなのにもかかわらず、美根には誤って別の道へ踏みこんでいるような感じだった。彼女は時々足を止めては耳を澄ました。もしかすると植松が彼女の後を追って引返して来はしないかという期待だった。もしそのようなことになったら、植松の胸にすがりついて、泣き出すかも知れない、そんな気がした。それ程、越前岳へ引返す樹林の道は淋しかった。単独行をやったことのない美根に取っては、一人で山に居ることが、これほど淋しいものだと想像したこともなかった。道が暗く、時々木の根につまずいた。そのたびに彼女は叫び声を上げ、自分の叫び声に自分で驚いた。後を追ってくる自分の足音が気になり出すと、これ以上一人で山の中にいることが堪えられなくなった。越前岳を越え十里木村に出ると、須山村までは六キロである。愛鷹山を縦走して降りて来る植松より早く須山村に着くことは間違いない。ひょっとすると植松は須山村に出ずに、沼津に降りて、そのまま東京へ帰ってしまうかも知れない。それっきり植松は手の届かない遠い人になるだろう。もう山登りに誘ってもくれないに違いない。

大きなルックザックを背負って、がつがつと岩をふんでいく植松の後ろ姿をもう見ることはできなくなるような気がした。

(今ならば、まだおそくない)

彼女は道を横切っている倒木に足をかけてそう思った。直ぐ引返してヤホーをかければ彼はまだ、声の届く距離にいる筈だ。

美根はぐるっと向きをかえた。もう二度と心は変らなかった。植松を呼びもどして、彼のザイルの輪に結ばれて、鋸の歯渡りをやって、愛鷹山縦走を終る。その結果が結婚まで延長しても悔いるものはないような気がした。

美根は割石峠から蓬萊山のいただきまで一気にかけ戻って、東へ向ってエイホーをかけた。おそらく植松は鋸の三枚目を越えて位牌《いはい》岳へ向う尾根の中程に居るものと思われた。彼女の背を越えて来る風が美根の声をそのまま前に送っていった。何度かヤホーを掛けて応答を待ったが、植松の返事はなかった。こちらの声が届いても、植松の声は風に逆《さか》ってここまで達しはしないだろう。彼女は鋸岳のピークに眼をやった。いくつものピークの群があったが、それは大体三群に別れていた。手前から一枚目、二枚目、三枚目と名づけられていた。

美根は第一枚目のピークに向って眼を投げた。ちょっと前にそこを植松が越した筈だ。大きな図体で、大きなルックザックを背負って、悠々と越していった植松の体臭がまだその辺に残っているようだった。

「大したことないじゃないの」

美根は岩に向ってそう云った。そう思って見ると平凡な岩に見えた。ザイルがなくてもホールドをしっかりして、ゆっくりやればなんの危険もなさそうな岩だった。

美根は一枚目の岩場に取りついた。取りついてみると、垂直に感ずる程に岩はそそり立っていたが、岩にくいこんでいるツツジが、しっかりした手掛りを与えた。一歩一歩彼女の身体はピークに近づいていく、突然前が開けた。彼女はそこにまたがって、ヤッホーを続けざまにかけてみた。胸の動悸も落着いているし、呼吸もしっかりしていた。下りはコブとコブの間を器用に捲いて、鞍部に達した。

（一枚目終り）

彼女は心の中で会心の叫び声を上げて、二枚目の岩に挑戦していった。草は枯れていて危いから、いくらか青みを見せ始めている岩つきのツツジを狙って手を延ばした。二枚目は一枚目より更に容易であった。岩がしっかりしていたし、傾斜は気のせいか一枚目程には感じられなかった。

二枚目の頂上に達した時、彼女は疲労を感じた。眼の前に今度こそはとても登れそうもないような三枚目の岩が立っていた。彼女の立っているところからは三枚目の北側を捲いていく道が見えなかったから、三枚目も同じように、急峻な岩場を登らねばならないと思った。

風が一呼吸した。その間に植松のヤッホーが案外近いところから聞えて来た。美根は続けざまに何度かそれに答えた。植松が迎えに来る以上もう心配のことはなにもなかった。二枚目を降りたところで、三枚目のピークの上に姿を現わすに違いない植松を待っていればよい。

美根は一歩を踏み出した。岩は脆岩《もろいわ》であるし、いくらか逆層になっていて、彼女のビブラム底の登山靴でさえも、その傾斜に耐えられないような気がした。

「おおい、待て、待て、動くな」

下で植松の声がした。三枚目の北側を捲いて、ひょっと顔を出した植松の出現が美根には、三枚目の尖った岩を飛び越えて来たように見えた。

「驚いたよ、貴女のヤッホーを聞いた時は……」

並んで二枚目のピークに立った植松の額に汗が流れていた。

「すみません……」

美根は頭を下げた。

「気が変ったんだね」

「こわくなったの、わたし」

美根は正直に答えたが、植松にはこわいという本当の意味がまだ分らなかった。

「この二枚目の下りだけだよ、こわいのは……」

植松はザイルの用意を始めながら云った。

「ねえ、植松さん、あなたが鳳凰の地蔵岳の尖塔《オベリスク》の下で、私に云ったこと覚えている」

「覚えているとも、あの時からずっと僕は貴女を待っていた」

植松はザイルの手を止めた。

「ここは地蔵岳の尖塔程美しい所ではないけれども、今度は私が云う番が来たようだわ……私は一人でいることが、こわくなったの」

「それでは貴女は山登りをやめて……」

植松は真偽を確かめるように眼を見張った。

「今日が私の最後の山登りにしたいの」

美根はごく自然にそう云える自分が不思議だった。黙って突立っている二人の間を風が吹き通っていった。

「さあザイルを……」

美根の言葉に誘われるように植松は彼女の身体にザイルをつけてやった。ザイルを肩がらみで確保して、美根を降ろそうと考えたが、念のためにザイルの端を自分の身体にしばりつけてから、足場を探しにかかった。

美根の気持は晴れ渡っていた。植松と結ばれている限り、もうなにもこわいものはないような気がした。彼女は踏み出そうとした。

「ここを降りて三枚目の北を捲けば、あとは位牌《いはい》に通ずる真直ぐの道だ」

植松が手袋をはめながらそう云った。

(位牌に通ずる道)

その言葉が美根の頭にぐさっとつき刺さった。位牌から死を想像し、死という叫び声がいくつも耳元でした。姉の顔が熊谷爆裂火口の底から美根の顔を見詰めていた。すり鉢状の爆裂火口全体がぐるぐる廻りながら浮き上って来た。十字峡から身を投げる瞬間の姉の姿が視界を横断する。美根は眼をつむった。なにも見ないことによって、この場を逃れようとした。私は姉とも母とも違う。唯、疲れて眼が廻っているのだ、彼女はしきりに自分の心にそう云い聞かせていた。眼をつむっていても、眼が廻った。とてもじっとしてはいられなかった。

「さあ、そろそろ降りようか、天気が悪くなりそうだ」

植松が云った。

(そうだ植松がいる。あの男にすがりさえすれば救われる)

「植松さん、植松さん……」

彼女の声は小さかったが、さしせまったものだった。植松は意外な顔をして、なにが起きたのか確かめるために美根の方へ寄っていった。植松の手が、美根の肩にやっととどく岩の鼻先まで来た時、もう美根は自分をささえていられなかった。彼女の身体は、つんのめるように断崖の下へ落ちていった。

あまり突然のことに植松は確保の姿勢ができなかった。それでも彼はザイルが延び切るまでに、ザイルを肩がらみに掛けていた。延び切った綱がぐっと彼を引張った。彼はそれを懸命にこらえようとして、上体を後ろに引いた。腰に応えがあった。引き止めたと感じた瞬間、彼の左足の靴が前へ滑り、同時に彼の身体のバランスがくずれた。落ちていく人をささえる足場として、この岩はあまりに脆すぎたし、彼の居た位置が悪かった。靴の下から小石が崩れ落ちていった。ザイルを引張ったままの姿勢で滑り出した彼の身体はもう止まらなかった。白い煙りが彼の足元から立ち上った。

二人が墜落していった岩根のツツジの木に美根の帽子がひっかかって揺れていた。

二人の墜落の原因は、雨のために足場が滑ったのだろうと報道された。実際に雨が降ったのは二人が墜死してから二時間後であった。

雪崩

1

小雪は一時はげしく降ってはまた止んだ。かなりきびしい寒さだったが、風は少なく、雪がやむと遠くまでよく見えた。山峡の元旦にふさわしい朝だった。半ばは雪におおわれた朝日鉱泉の立看板の下で鹿取信介は背負ったルックザックをゆすり上げるようにしてから、彼と並んで立っている夏村教授に、黙って頭をさげた。

「じゃあ気をつけていってくれ、ぼくと原口君は、これからゆっくり登って、今日と明日の晩は鳥原小屋に泊って、三日の日にはここへおりて来る。君は今夜は大朝日岳の小屋泊り、もし君が明日、大朝日岳から、稜線伝いに鳥原小屋までやって来るとすれば、明日の夜は三人そろって鳥原小屋泊りということになるな」

夏村教授もルックザックを背負っていた。教授のルックザックの倍もありそうなルックザックを原口佐平が担いで、山の方を見ていた。天気のことを心配している顔だった。

「やってできないことはないと思いますが」

しかし鹿取は心の中では、そのことは無理ではないかと思っていた。稜線の雪のつき具合を見なければはっきり分らないが、常識的には厳冬期の大朝日岳鳥原山間の単独縦走は危険なことに思われた。

「まあまあ少しでも無理なことはやめて貰いたいな、これからは、君たちのような若い青年の力が日本にとって必要になってくる、無茶をやって貰ってはこまる」

夏村教授はもったいぶった口ぶりでいった。これからはといったのは、時局を加味した言葉であり、当時は多かれ少なかれ、先輩が後輩をいましめる言葉としてこんないい廻しが用いられていた。日華事変は既に始まっていた。

「先生、それは無茶っていうよりも、不可能なことなんです。大朝日岳から鳥原山まで一日で単独縦走などということが素人にできるものですか」

原口佐平がいった。

「ほんとうに不可能かな原口」

鹿取は原口の云った素人という表現が面白くなかった。鹿取は大学の山岳部員でこそないが、山にはかなりの経験者である。冬山だって今度が初めてではない。素人といわれるのは心外だった。おれが素人なら貴様はなんだと原口に云いかえしてやりたい気持をこらえながら鹿取は、

「なあ原口、君はほんとうに無理と思うかね」

覗きこむようにしていった。

「無理だよ、ずっとラッセルなんだぜ、それに稜線は風が強い、ひとりでやれる筈がないじゃないか」

「いやおれはやるつもりなんだ」

鹿取はやるぞといってしまってから、なんだか原口に一ぱい喰わされたような気がしてならなかった。鹿取の頭の中には大朝日岳小屋についても出発の時のことがこびりついていた。

鹿取信介と原口佐平は夏村教授の助手となって大学に残ることになっていた。その点二人はよく気の合った学友であったが、見方によればライバル同士でもあった。はっきりとその意識こそ持たないけれど、やはりふたりの間にはそれがあった。

(だいたい原口は夏村教授の御機嫌を取り過ぎる)

鹿取信介は大朝日岳小屋の中で、寝袋に入って眠りにつくまでのひとときにそんなことを考えていた。

もともと三人はそろって大朝日岳へ出発する予定だった。予定を変更して、鳥原山としたのは、この年の雪が思ったよりも深かったからである。夏村教授の年齢からおして大朝日岳登山は無理と判断されたからであった。鳥原山登山と行先が変更になったあと、

（ここまで来たんだから、雪の大朝日岳の頂上に立ってみたかったなあ）

と鹿取がひとりごとのようにいった。それに応ずるように原口が夏村教授のお供はおれがやるから、きみは大朝日岳をやったらどうかといった。夏村教授もそれにさんせいした。話がそのように変って来ると、鹿取もいい出した手前あとに引くわけにはいかなくなった。

（結局、今度は原口に点数をかせがれたことになる）

鹿取は眼をつむった。眼をつむると小屋の外の風の音がよく聞える。夜になると急に寒くなった。みぞれはやんでいた。今頃原口と夏村教授は鳥原山小屋でやはり同じように寝袋に入っているだろう、それとも、薪をたいて暖を取っているかも知れない。原口がなにかと教授の御機嫌を取っている姿が眼に見えるようだった。

（助手となって大学に残ることに決った以上、教授に奉仕したってなにもおかしなことはないが、原口が、むきになって点数をかせごうとする裏には――）

鹿取は息を飲んだ。

彼は鈴をふるような女の声を遠くに聞いたような気がした。

夏村教授のひとり娘の千穂の声はよく澄んでいた。なぜあんなにきれいな声が出るかと思うほど、千穂の声は美しい。声ばかりではない。千穂のすべては華麗であった。大学教授の娘にしてはいささか派手に見えるほど、その立居ふるまいは眼についた。

（そうだ、原口が最近特に夏村教授に接近を示し始めたのは、千穂さんとの結婚を念頭に置いているからなのだ）

そう考えると、いちいちうなずけることがある。

（おれは男でも女でも結婚できる態勢になったらさっさと結婚すべきだと思うな、ぐずぐずしていると、ろくなことはない、千穂だってもう十九だ、結婚させてはやいという年齢ではない）

そして教授は二人の弟子たちの顔を等分に見くらべながら、

（どうかね、きみたちのふたりのうちどっちかが、うちの千穂を貰ってくれぬか）

そんな冗談で笑いとばしていながらも、油断なくふたりの表情を窺《うかが》っているらしい夏村教授のあのときの眼付が思い出される。

（明日はなんとかして鳥原山まで、行かずばなるまい）

鹿取は寝袋の中でそうつぶやいた。原口に素人と云われたからと云って、わざわざ危険に踏みこむことはない。素人と原口がいったのは、悪く解釈すればそそのかしたというふうにも取れる。が鹿取は、やはり、いかねばならないと自分の心にきめていた。はっきりした理由はなかった。

二日の朝はよく晴れた。

鹿取は未明に大朝日岳小屋を出て稜線に立った。日出と共に風が出た。予期していた風だった。彼は風との激しい闘いを覚悟した。

風は背にあった。

鹿取信介が大朝日岳のいただきを出発した時から、風は彼の背についてはなれなかった。強風というほどではなかったが時によると飛雪が前方に幕を張るほどのことはしばしばあった。これだけの風をまともに受けたら、とても進めたものではないけれど、背にあるということが彼の歩行を助けていた。風が背後にあって、それが、突風性のものでないかぎり、彼は稜線上を航海する帆船のように、風を利することができた。だが、この風も、彼が吹きだまりに踏みこんで困難しているときには必ずしも友好的ではなかった。足が動かないのに、風が上半身を無理矢理前傾させせようとするから、時によっては吹きだまりの中に突っぷしてしまうことがある。

風は、絶対に背後だけから吹くというものではなかった。地形地物の影響で、風は渦状に分流して、意外な方向から雪煙を上げてやって来る場合もあったし、足元で、つむじ風をおこして鹿取をめくらにすることもあった。

だが全体的には風は鹿取の味方についていたから、彼は予想外に歩度をかせぐことができたのである。

鹿取が小朝日岳の頂上から、かなりの急斜面を下降に移った頃、風は一段と強くなった。

飛雪のみならず降雪もあった。

十六時鹿取は吹雪をついて、鳥原山小屋に到着した。

彼は小屋の中に、夏村教授と原口佐平が、いることを信じていた。小屋の戸を叩くと上から雪が音をたてて落ちた。戸をあけようとしてよくよく見ると半ば雪に埋もれていた。

鹿取は、ピッケルで入口の雪をかき除いて中へ入った。人が入っていた形跡は全然なかった。小屋の中は秋の終りに小屋番が下山した当時のままになっていた。

2

吹雪は三日になってもおさまる形勢はなかった。いよいよ猛り狂って、一歩も外へ出られなかった。鹿取信介は鳥原山小屋にこもったままじっとしていた。食糧はまだ一日分はある。なくなれば、小屋に備えつけの米三升に手をつければ、更に数日は大丈夫である。薪は充分、彼のすることは隙まから吹きこむ雪を時々排除することぐらいのものだった。

夏村教授と原口が小屋に入った形跡のないのは、なにかの都合で途中で引返したのか、この小屋の近くにまで来るには来たが、小屋には入らずに直ぐ引返したか、そのいずれかである。夏村教授は慎重な人である。午後になって降りだしたみぞれは、教授の足を百八十度転換させた可能性は充分ある。そのように考えると、夏村教授と原口が鳥原山小屋にいなくても、そうおかしくはないけれど、鹿取には、教授と原口が、近くのどこかにいるような気がしてならなかった。

三日の夜半、鹿取は小屋の戸を叩く音で眼を覚した。人の声も聞いたような気がした。彼は今直ぐ開けるからと返事して、やっと頭がはっきりした。戸を叩いたのは吹雪であった。

三日、四日と荒れた天気は五日の朝になって恢復した。鹿取は小屋を出ると新雪を踏んで朝日鉱泉にいそいだ。

鹿取信介は尾根道ぞいに九九二・三メートルの三角点までおりて来たところで下から登って来る一団の人影を見た。幾日かぶりで見る人の姿に、鹿取は自分をおさえることができなかった。瞬間人影は停止した。上から呼びかけたものがなにものであるかを確かめているようであったが、直ぐ寄り合って話し合う様子を見ると、なにか尋常でない事件が起きたために登って来る人たちのように思われてならなかった。

人影は大きくなっていくけれど、その中には、夏村教授らしい姿も、原口の得意がってかぶっている防寒頭巾《ずきん》も見えなかった。

「夏村先生と原口さんは？」

鹿取に向って発せられた下界の人の最初の質問はそれだった。

「先生と原口さんがどうかしたんですか」

鹿取信介は物々しいいでたちで雪の中に立っている人たちの顔を見渡した。

「出たっきりなんです」

朝日鉱泉の主人が心配そうな顔で云った。

「それはおかしい、鳥原小屋には誰も入った形跡はありませんでしたよ」

鹿取は二日の十六時頃、彼が鳥原山小屋に到着した時の状況をくわしく説明した。

「するといったいどういうことになるのだろうか」

朝日鉱泉の主人は考えこんだ。それまで黙っていた捜索隊員が一度にしゃべり出した。

一日の日は決していい天気ではなかった。朝は小雪、午後になってみぞれが降った。がその天候は、この辺とすれば悪いというほどのものではなかった。眼が開けられないような吹雪ではないし、みぞれが降っていても風は弱かった。夏村教授の足から判断して最悪の場合を考えても七時間かかれば鳥原山の頂上へつく。七時に出発したからおそくとも十四時には着いている筈である。迷うようなところはない、その道を彼等は去年の夏通ったことがある。

鹿取と捜索隊員とはそこで情報を交換し合ってから、鹿取は一行と共に再び鳥原山へ登った。一日から行方不明になったとすれば、既に五日である。この附近には、大朝日岳と、鳥原山の二つしか小屋はない。

鹿取は、彼のおりて来た踏みあとをたどりながら、この奇妙な事件の解明を考えつづけていた。鳥原山に立つとかなりの風が吹いていた。それに、三日間降りつづいた新雪は未だに固着せず、広範囲の捜索活動は困難だった。

鹿取は胸まで深雪の中に入って、ふたりを探した。すべては雪の下にかくされてなにひとつとして発見されなかった。

悲報は東京へ飛び、鹿取の大学の山岳部や、知人、友人が続々と朝日鉱泉につめかけたが、深雪はあらゆる捜索を拒否した。大朝日岳小屋にも、ふたりの姿はないということ以外はなにひとつとして確かめられるものはなかった。

「あなたは二日の午後先生たちと鳥原小屋で落合うとはっきり約束されたのですか」

いよいよ捜索が打切られる段階になった時、原口の従兄で、原口に登山の手ほどきをしたという尾峰正雄が云った。尾峰はある山岳会の幹部をやっているし、その方面ではかなりのベテランと見なされていた。

「いやはっきり約束したのではありません、雪の状況を見て、行けたらいきましょうと云ったんです」

「しかし、先生の方では、鳥原小屋であなたを待つつもりだったでしょうね」

尾峰正雄は、意味なく、眼ばたきをする男だった。

「待つつもりだったでしょうね、けれど先生は鳥原小屋へは着いてはいない」

「いや、もし先生が小屋にいたらとしての話です。小屋に先生がいたら、あなたを一生懸命待っていたに違いないと私は云っているのです」

「先生が小屋に入った形跡はないのです。そのことはもう何度も云った筈ですが」

鹿取はやや声を荒くしていった。すると尾峰はその言葉尻をとらえるために待機していたように、

「それはあなたの主観です。先生が小屋に絶対入っていないという証拠をあなたは持っていますか、持っていないでしょう。その逆を考えると先生たちとあなたが鳥原小屋で同居していたかも知れないと誰かがいったとしても、それを否定する客観的な証拠はなにもないということになる。そうでしょう」

そうでしょうと、尾峰に上目遣いに睨まれて、はじめて鹿取は尾峰の腹の中になにかがあるのを知った。

「あなたはぼくを疑っているのですか、ぼくが嘘でもついていると思っているんですか」

鹿取が叫ぶようにいうと、

「私はあなたを疑ってなんかいませんよ、ただ、こういう時には、あらゆる場合を科学的に考えてかからねばならないといっているだけのことです。兎に角、あなたは行方不明になった先生たちの最終目的地にいた、たったひとりの人間ですからね」

尾峰はそれ以上は鹿取とは取り合わないぞという顔で、そこに居並ぶ人達の顔に、

「すべては春になって雪解けと同時に解決するでしょう」

鹿取はその尾峰のことばと共に疑いを持って彼を見ているいくつかの視線を自覚した。

夏村教授と原口の遺体捜索は春と共に再開された。そして、五月末になって、ふたりの遺体は鳥原山頂上直下二百メートルのところで発見された。

ふたりは一メートルとは離れていないところに俯《うつぶ》せになって倒れていた。目立つような外傷はなかった。ふたりの着ているウインドヤッケの頭巾ははずされてあり、手袋もはめてはいなかった。輪かんもスキーも穿いてはおらなかった。ルックザック、輪かん、スキー、スキーのストック、手袋などは、遺体の附近から次々と発見された。ルックザックの中のものは、朝日鉱泉を出発した時とほぼ同じ状態だった。

遺体の発見された場所は、ブナ林の尽きるあたりであった。そこから上は、這松地帯で、その附近は雪崩が起こるような傾斜角度ではなかった。

「これはいったいどういうことなんだ」

現場に立会った尾峰が云った。

「ふたりが、ルックザックをおろし、輪かんを取り、手袋まではずしているということはどう見ても、休んでいる状態においてなにごとかが起きたとしか考えられない。そのなにごとというものが、雪崩であったとしたならばすべて問題は解決する」

尾峰はそのあとで雪崩ならばねと吐き出すような云い方をした。その場所では、雪崩が万に一つも、起きることはあり得ないことを念頭においての発言だった。

鹿取信介は黙って尾峰の口もとを見ていた。尾峰のいうとおり、休んでいるところを雪崩に襲われたとなれば万事が片がつく状況だったが、鹿取の眼にも、その場所は雪崩の起こる場所には見えなかった。そこはもう頂上の一部でもあった。傾斜角度にして、せいぜい十度ないし十五度ぐらいのところである。常識として雪崩は考えられなかった。

「この附近で今まで雪崩が起きたのを見た人がありますか」

尾峰は遺体捜索に参加した土地の人に聞いた。誰も返事をしなかった。

「ふたりは雪崩にやられたのだと考える人はいませんか」

こんなところに雪崩が起こる筈がないと誰かがいった。如何なる状況下においても、ここでは雪崩は起きないだろうというのが、そこに居合わせた全員の意見だった。

「雪崩でないとすると、どうしてお前は死んだのだ、おいどうして死んだんだ」

尾峰は従弟の原口の遺体をゆすぶりながら怒鳴っていたが、しばらくして遺体から離れると鹿取の前に歩をすすめていった。

「鹿取さん、あなたはこの死体のすぐそばで幾日か過したということを否定しないでしょうね」

尾峰は頂上の鳥原小屋の方をあごでしゃくっていた。鹿取は沈黙を守った。弁解する要はないが、その遭難の原因をその場で解明できないことはつらかった。

夏村教授と原口佐平の遺体が発見された翌日、鹿取信介は警察の呼び出しを受けた。警察官は前後の事情を聴取してから鹿取にいった。

「あなたは夏村教授のお嬢さんの千穂さんを知っていますか」

「知っています」

「その千穂さんとの結婚問題について、夏村教授と話し合ったことはありますか」

「ありません」

「千穂さんと原口佐平さんとの間にも縁談が持ち上っていたということを知っていますか」

「知りません」

訊問はそれで終った。警察官はそれ以上のことは云わなかったし、鹿取を被疑者扱いにするようなところはどこにも見えなかった。

3

千穂の喪服は一段と千穂を美しく見せた。彼女は母と並んで坐っていた。涙の涸《か》れた顔だった。

夏村家の庭はそう広くはなかったが、故人の趣味で野草が植えてあった。それらの草花は、弔問客によって無残に踏みつけられていた。

焼香の列につながる者はやはり学者が多く、その次には山と関係がある人たちだった。彼等はひとりひとり前にすすみ、香を焚《た》き、正面にかざってある夏村教授の写真におじぎをし、その脇に坐っている遺家族に頭を下げた。それはすこぶる儀礼的な人生の終末だった。むしろ夏村教授の性格には合わない、空虚な行事でもあった。

鹿取信介は焼香の列には加わってはいなかった。焼香の列の両側に立っている夏村教授の親戚や大学関係の人たちと一緒に立ったままただわけもなく頭を下げていた。葬儀は司会者によって事務的にすすめられていった。葬儀が終り、庭にしかれたむしろをあげ、木戸を閉じ、附近の電柱にピンで止めた黒枠の指導紙を貼がして来ると鹿取にはもうすることはなかった。

鹿取は庭の方からではなく、玄関の方から夏村教授の家へ入った。教授の夫人に挨拶して帰るつもりだった。

夫人は奥の八畳間に親戚や知人にかこまれて坐っていた。疲れ果てた顔だったが、入ってくる鹿取を見ると、夫人の顔が急に引きしまったように見えた。

「ごくろう様でした、どうぞ御引取り下さい」

夫人は鹿取にそういった。つめたい声だった。明らかになにものかを心の中に飲みこんでいる顔だった。それに、それまで夫人と一緒に話していた人たちが、いっせいに彼の方を見たのも、彼にとっては、けっしていい気持のものではなかった。彼は、こういう仕打ちには或る程度は馴れていた。夏村教授の遭難の原因の話が出ると、鹿取は必ず、引合いに出されるのである。夏村教授と原口佐平の死が不可解であればあるほど、鹿取はその秘密を握っている人のごとく見られた。さすがに、この遭難死を殺人にむすびつけて話をするような者はいなかったが、この事件に興味を持つかぎりの人間が、遭難現場近くにいた鹿取を疑いの眼を持って見ていることは間違いのないことのように思われた。

鹿取は、お引取り下さいと云われたとおりに、玄関にさがった。夫人が、疑いの眼で彼を見ていることは、もはや間違いのないことだと思った。疑い以上の、いかりさえ、その鋭いまなざしの中に感じられた。

(たまたま傍にいたというだけのことで、なぜこのような眼で見られなければならないだろうか)

彼は靴を履きながら、おそらく、夏村家には二度と訪問するようなことはなくなるだろうと思った。お引取り下さいといったあのつめたさは、二度と再び来ないでくれと云われたのと同然だと思った。ただ心残りが一つだけあった。千穂も同じような気持で彼を見ているかどうかということであった。それを確かめる術《すべ》はなかった。確かめたとしても、どうなることでもなかった。彼は夏村家の門を去った。

鹿取信介が千穂に会ったのはその年の夏、召集令状を受取った時である。彼が千穂に知らせたのではなく、彼の友人で千穂と縁戚関係にある吉村が千穂にそれを知らせ、彼女が鹿取の下宿を訪ねて来たのである。

「お母さんには内緒なのよ」

千穂は、彼の下宿の六畳の入口近いところに膝を気にしながら坐っていた。白いワンピースがよく似合っていた。

お母さんに内緒よということは、夏村夫人は未だに彼に対して好感を持ってはいない証拠だった。母がそういう気持でいるのにもかかわらず、千穂の独断でお別れに来たということは、忍んで来たのと同じだった。鹿取は胸の中に熱いものを感じた。

日華事変にけりがついていないのに、日米関係が急激に悪化し、ひょっとすると世界戦争の中にとびこみかねない様相の中に彼は召集令状を手にしたのである。生きて帰れるかどうかは分らなかった。

「千穂さんに会いたかった」

と鹿取はひとことといった。

「ではなぜ来て下さらなかったの」

千穂は眼を上げた。その澄んだ眼と整った顔、一点のすきまもないほど磨きこまれた玉のように彼女は美しかった。

それは、と鹿取はいいかけたが云えなかった。夏村夫人の眼がこわいから行けなかったとは云えなかった。

「分るわ、鹿取さんは私の母と会うのがいやなんでしょう、なぜそうなのでしょうか、なんでもなければ、母がなんて思っていても、来て下さったらいいのに」

千穂は小さい口をしていた、そのかわいい口から、不平の言葉がこぼれ落ちる。

「しかし、あなたのお母さんはぼくを疑っている、ぼくを悪魔と思いこんでいるのではないだろうか、その心を解きほぐすことはぼくにはできない」

「私はちがうのよ鹿取さん、でも私だって父の死をあのままにして置きたくはないわ、父を原因不明の死に方にして置くかぎり、父は浮ばれないわ」

鹿取はあらためて千穂の顔を見直した。つぶらな双眸は、全身の期待をこめてなにか云おうとしていた。

「どうしたらいいんです」

「あなたが、父の死を明らかにするのよ、父は雪崩で死んだのではない、そこは雪崩が起こるようなところではないとみんなはいうけれど、ぜったいに雪崩は起きないところなんでしょうか、雪崩が起きないと学問的に証明できるでしょうか、もし、ほんのわずかでも雪崩が起きる可能性があったならば、私は父の死を雪崩のせいだと決めます。そうすればなにもかもつじつまが合って来るからです。私は鹿取さんにこの証明をやっていただきたいと思っていたのです」

千穂はそこで言葉を切って、鹿取の顔を見た。

「だがぼくは戦争にいく」

「あなたが帰って来るまで私は待っているわ、いつまでも」

そして千穂は激して来た感情をおさえるようにハンカチを顔に当てた。

4

いつまでも待っているといった千穂も鹿取が出征した翌年には結婚して音信が絶えた。鹿取は終戦後、二年目に復員した。東京は前の東京ではなかった。職を求めたが職はなかった。彼は大学の研究室に入って、荒れ果てた頭の再整備にかかった。終戦後、五年目に彼は、電子工業関係の会社に職を得た。彼の研究の一部がその会社の製品とつながりが生じたからである。その会社の中に研究室が設けられ、そこの主任として迎えられた。会社が肥るに従って彼の位地も上った。

昭和三十年の秋彼はおそまきながら結婚のチャンスに恵まれそうになった。光子は千穂とよく似た女だった。千穂とよく似ていたから彼は光子と結婚する気になったのである。世話をしたのは友人の吉村だった。だが、その年の豪雪が彼の結婚をはばんだ。十二月末、福井県大野市の郊外で県営真名川ダム工事の現場へセメントを運搬中のトラックの一団が、雪崩に遭遇して二台のトラックが三十メートル下の真名川へ転落し、七名の死者を出した。

その遭難者の中に光子の兄がいた。たまたまその工事を視察するために同乗してこの災難に会ったのである。

新春を期して鹿取と結婚する予定になっていた光子は、急ぎ帰郷したが、そのまま東京へは帰って来なかった。彼女の兄が死んだことによって、光子は後継の座にすえられたのである。親族会議の結果、光子と鹿取との婚約は破棄された。

鹿取はその間の事情を縷々《るる》と説明する友人の吉村の話を黙って聞いていた。鹿取と光子の間にはどうしても結婚しなければならない事情はなにもなかった。

鹿取は光子との婚約を破棄されたことよりも、その原因を作った雪崩に興味を持った。雪崩は先行するトラックの振動によって引き起こされた。高さ二百メートル幅五十メートル、厚さ二メートルの雪の層が滑落して、後続するトラックを真名川に突き落したのである。

「そこは雪崩の名所なのかね」

鹿取は吉村に聞いた。

「それがですよ、とても雪崩なんか起きそうもないところに起きたんです、前に雪崩が起きたことでもあれば当然気をつけていたでしょうし、防護措置だって取ってあった筈ですが」

吉村はその雪崩が偶発的なものであるということと、意外にスケールの大きなものだったこととの関連については考えはおよんでいないらしかった。そのような雪崩が起きた物理的な原因についても説明がなかった。

「雪崩なんか起きそうもないところに雪崩が起きたのか」

鹿取はつぶやいた。彼の頭の中に鳥原山で雪に埋って発見された夏村教授と原口佐平の凍死体がまざまざと浮び上った。

鹿取は想像の中で夏村教授と原口佐平を生きかえらせて、鳥原山直下二百メートルの雪の上に坐らせた。休んでいる場所から頂上までは、なんの抵抗物もない、斜面だった。彼は号令をかけた。

(雪崩よおきろ)

雪崩なんかとても起きそうもないところに事実雪崩が起きたのだ。雪崩よさあ起きてみろ。彼はそう心に叫んだが、鳥原山には雪崩は起きなかった。いくら雪崩を起こそうとしても、雪が滑り出すほどの傾斜面ではなかった。夏村教授と原口佐平は雪の上に腰をおろしたままだった。

「鹿取さん、自然のいたずらですよ、そう思ってあきらめるしかない」

急にだまりこんでしまった鹿取の顔を覗きこむようにして吉村がいった。表面上はなんでもない顔をしていても内心鹿取は光子との結婚が駄目になったことで悲観しているのだと早合点したのである。

「自然のいたずら……なるほどね」

鹿取は吉村のいった言葉になんどか頷いていた。

その翌年鹿取信介はヨーロッパ駐在を命ぜられてハンブルグに飛んだ。既に四十歳を越えていた。

鹿取信介がスイス旅行中雪崩研究家のルンク博士と知り合ったのは全くの偶然だった。大きなトランクを両手に携《さ》げて列車に乗りこんで来た老人のために鹿取は手を貸してやった。老人は笑顔をもって、鹿取の好意にむくいてから本を出して読み始めた。

鹿取は膝の上に地図をひろげて、車窓に見える山をいちいちチェックしていた。ヨーロッパに来ても鹿取の山好きな性格は変らなかった。

鹿取と老人が活発に話し出したのは、鹿取が地図に書いてない山について老人に訊ねた時から始まった。老人はまさかと思ったその山の名を知っているばかりでなく、その附近の山や、その山のいただきは誰によって初登攀されたかまで知っていた。

鹿取とルンク博士は一時間の間にすっかり仲よしになった。鹿取はルンク博士との再会を約して別れた。

鹿取がルンク博士を訪ねる目的は雪崩に関する知識を得るためであった。スイスと日本の雪の質は違うけれど、雪崩の学理にそう違いがある筈はなかった。一度聞いて置いて損はないと思ったからである。鹿取の頭の中には二十年前の鳥原山の不可解な遭難事件が今も尚、しこりとなって残っていた。雪崩に結びつけたら、すべてが解決する筈のその事件が、未だに雪崩には結びつけられずに残されていることが彼のコンプレックスとして潜在していた。

ルンク博士の家はチューリッヒの郊外の湖の見える岡の上にあった。庭に三本のリンゴの木が植えてあり、小さい実がなっていた。

「あなたの知りたいことは、雪崩の起こり得る最小傾斜角度についての実例でしたね」

ルンク博士は鹿取のためにその資料を用意していた。

「雪崩の安全角度の限界についてはエングラーは二十八度と考え、ルートゲルスは二十二度ないし二十五度と主張し、ヘンリー・ヘークは二十三度を固執している。勿論これ等は理論的平均値であって、これ以上の角度の傾斜地には雪崩が起こるものと考えねばならない。ところがこれ以下の角度では絶対に起きないかというとそうではない」

ルンク博士は眼鏡ごしに鹿取の顔を睨んでから、一葉の写真を彼の前に置いた。

ほとんど平面としか思われないような傾斜面を非常に広い範囲に渡って雪崩が起こっている写真であった。

「これは一九二八年二月、スイスのベアテンベルグのニーデルホンの附近に起こった湿雪雪崩の写真です。傾斜角度はたった十五度しかない。常識では考えられないようなところに、突如として雪崩が起こり、この下の部落は大被害を受けたのです。この谷に部落ができてから二百年一度も雪崩なんかなかったこの場所に雪崩が起こったのです。その日の気象条件は朝から小雪、午後になって温度が上り少なくとも二時間あまり、相当量のみぞれが降った……」

ルンク博士はそこまでしゃべって、鹿取の顔色が変ったのに気がついたようだった。博士は話すのをやめた。

「その写真と、文献をカメラにおさめることをお許しいただけるでしょうか」

鹿取はひどく馬鹿丁寧なドイツ語をしゃべってから、

「傾斜角度十五度ですね」

と念を押した。写真を撮りながらも、彼は自分の手が震えているのを感じた。傾斜角度十五度、小雪とみぞれ、それは鳥原山での状況とすこぶる似ていた。

「これから私はこの場所へ行って見たいのですが、どういったらいいでしょうか」

おお、というような感嘆の声が博士の口から出た。ルンク博士は、この性急な日本人を稀に見る積極的な学徒と見たようであった。

インターラーケンで遊覧船に乗りこんだ鹿取はデッキの椅子に坐って運河の岸に眼をやっていた。岸辺で釣糸を垂れている者もあるし、運河添いの道を散歩しているショートパンツの男女の姿もあった。

5

運河の水は青灰色によどんでいた。遠く氷河に源を発するこの水はひどく憂鬱な表情をたたえていた。

遊覧船には英国の高校生の一団が乗りこんで元気に騒いでいた。運河の幅が広くなって来ると、突然、水鳥の一団が船の上空に飛来した。少年たちがパンくずを投げると鳥は争ってそれを拾った。デッキの上に舞いおりて来る鳥もあった。

遊覧船は間もなくトウィーン湖に出た。奥行きの長い湖だった。鹿取は双眼鏡と地図とでベアテンベルグのニーデルホンを探したが、同じような地形が多く、どれがニーデルホンかは分らなかった。

遊覧船はトウィーン湖の東北岸の小さな港に着いた。下船する人は数人しかいなかった。そこで道を訊くと直ぐ分った。地図に書いてあるとおりニーデルホンにはケーブルカーがかかっている。

鹿取はケーブルカーの駅まで歩いていった。ニーデルホンは一九五〇メートルの高さがあり、そこがケーブルカー駅の終着点になっている。ルンク博士の資料によると十五度の傾斜で雪崩が起きたのは、ニーデルホンと尾根続きになっている一四〇〇メートル高地であった。鹿取はケーブルカーを途中でおりてホルザスという部落を尋ねていった。

牧草畑がどこまでも続いていた。既に一番草は刈り取られたあとに二番草が芽を出していた。緑の草地は彼の足元から下はトウィーン湖まで、上はニーデルホンの稜線まで続いていた。湖をのぞんだ南面である。絶好の牧草地なのである。

道を歩いていても、牧草刈りをやっている人を時折見掛けるぐらいのものでほとんど人には会わなかった。

ホルザスの部落は教会の塔を中心として、静かに午後の日を楽しんでいた。まるで死んだように静かな村だった。

村をはなれて、村が平面的な景観として見えるようなところまで登って来ると大きな鎌を担いでおりて来る老農夫に会った。

「私は日本から三十五年前の雪崩のあとを尋ねてここまでやって来ました」

鹿取は農夫に云った。農夫は鹿取の云った三十五年ということは分ったらしいが、鹿取が雪崩のことをラヴィネといったのがよく分らなかったらしい。鹿取の発音が悪かったのである。だが、そのこともやっと了解すると、老人はいった。

「ついこの間のことのように覚えているけれど、もう三十五年にもなるかな、それにしても、雪崩のあとなんかもう残ってはいませんよ」

「いや、雪崩の起こった場所と、その時の様子を聞かせていただけばいいんです」

鹿取は一生懸命に頼みこんだ。

「それは案内してあげてもいいが、あなたはなんのためにそんなことをするのです」

鹿取は即座に云った。

「学問のためです」

ルンク博士に云われたとおりにしたのである。農夫は快く案内を引受けてくれた。

「あの雪崩の起きたのは確か私の二十五、六の年だったと思います。私の父も祖父でさえも、雪崩が起こるなどということは夢にも思っていなかった場所に突然雪崩が起きたのです」

農夫は歩きながら、その時の様子を話し出した。ルンク博士の持っている資料に書いてあることとほとんど同じことだった。朝小雪、午後になってみぞれとかわり、そして突然なだれが起きたのを、附近に居合わせたスキーヤーがカメラに納めたのがあの写真だった。

「あそこです、あのあたりまで雪崩はおし出して来て乾草小屋を幾つかおしつぶしました」

老人がゆびさす方向には乾草小屋はなく、雑木林になっていた。雪崩があったあとに雪崩防止用として植えられた雑木林だと農夫が説明した。

鹿取は老人とふたりで雑木林に入った。そこまでが傾斜が急で、雑木林からは、ずっと楽な登りだった。雑木林を抜けると、傾斜は更に緩慢になり、すぐ上に山の頂上が見えた。頂上までは雑草が生えていた。

雑木林を抜けた瞬間、鹿取は、そこには以前に来たことのあるような気がした。そこから頂上を見た感じや、雑草の中を登っていく感じは、鹿取の経験の片隅にあるどことよく似ていたが、そこがどこだかはっきり思い出せなかった。

鹿取はヨーロッパへ来てから歩いた山をあれこれと思い出してみた。どれも、現在、彼の足下にある感覚とは違っていた。

(だいたいヨーロッパに来てからおれはこんな緩傾斜の山を歩いたことはない)

目測で傾斜角度は十五度と見た。ルンク博士の資料にある、雪崩が起こった場所なのだ。

「傾斜角度十五度、鳥原山のあの場所も約十五度……」

彼はそうつぶやいてすぐ、来たことのあるような感覚のもととなるものは鳥原山のあの場所だったことに気がついた。ヨーロッパの中に類似場所を求めていってもある筈はなかった。

彼は頂上に立った。頂上から雑木林までの山頂の様子は鳥原山と酷似していた。彼はこの地球上にこれほどよく似た場所があったということの不可思議さに驚異の眼を見張っていた。

「そのあたりから雪崩が始まり、あの雑木林のあたりにあった乾草小屋をおしつぶしたのです」

老人は念をおすようにいうと帽子をかぶり直して山をおりていった。

鹿取は三十五年前に雪崩が起きたというあたりを歩き廻り、写真を取った。

(起こるべからざるようなところに雪崩が起きた実例があったのだ。傾斜角度十五度でも、条件如何によっては雪崩が起こり得ることの実例がここにあったのだ)

二十年前のあの時には既にこの実例は起きていたのだ。知らないでいたことがかえすがえすも残念でたまらなかった。知らないでいたというよりも、知ろうと努力しなかった自分が恥しかった。

(鳥原山に降りつもった雪は、冬の最中におとずれた異常温暖現象に刺戟されて、滑落をおこしたのである)

それは今更いうまでもないことで、当時もそう考えたかったが、十五度という傾斜角度にわざわいされて誰も云い切ることができなかったのだ。

鈴の音がした。牛の首につけた鈴の音である。山を歩いていると風の加減で一キロも二キロも先の鈴の音が聞えることがある。スイスで鈴の音がしたからといって別に驚くほどのことはないのだが、鹿取はその鈴の音を聞くと同時に千穂のことを思い出した。千穂の声は澄んでいた。字で書けば鈴をふるように澄んだ声だった。字で書いた鈴とほんとうの鈴の音とが、時間と距離を超越して化合されると、鹿取の胸はまるで十九の少年のように鳴り出した。

千穂のちんまりと整った鼻、小さい口、澄んだ眼、どこといって非の打ちどころのない美しい千穂が、

（いつまでもあなたを待っているわ）

といったあの時の光景がそのまま眼の前に浮んで来るのである。千穂の遠い親戚の吉村から千穂のその後の様子は、それとなく聞いて知っている。結婚、夫の応召、戦死、一人の女の子を抱えて苦労している千穂の話は聞いたけれど、千穂とは会っていない。千穂を想像の上でいかに年をとらせようとしても無理だった。千穂は、鹿取の頭の中にあるかぎり十九歳の千穂だった。

鹿取は千穂に会いたいと思った。四十歳を越えるまで独身を続けて来たもとをただせば、やはり千穂がそこにある。千穂を愛していながら、不可解な事件にまきこまれ、ふたりはへだてられたのだ。

（鹿取さん、あなたの力で、父は雪崩で死んだと証明して下さい。そうすれば私たちは幸福になれる）

千穂がそういったことが、ありありと思い出されて来る。千穂は鹿取を信じていた。が、一抹の疑心が彼女の心の底にはなかっただろうか。

鹿取は千穂を恋うた。日本が無性になつかしかった。立上って遠くに眼をやると、トウィーンの湖水が青い曲玉のように光っていた。鹿取はその小高い山の上を日の暮れるまで歩き回った。

日がニーゼン山の向うにかくれるまでには、彼の帰郷の決心はついていた。

6

帰郷した鹿取信介はまず原口佐平の従兄の尾峰を探した。尾峰は東京の器械製作会社の製造課長をしていたが、今も尚、二、三の山岳会に関係し、登山界では相当名の通った存在だった。

鹿取は帰朝後の休暇の使用法をちゃんと計算していた。彼は本社に帰朝の報告をすませると、すぐホテルの一室にこもって、雪崩についての原稿を書き始めた。二十年前の鳥原山遭難報告書や当時の写真、地図、それにスイスのニーデルホン雪崩調査報告書の訳文もあった。鹿取はそれらの資料によって原稿を書き上げた。

鹿取は二十年ぶりで尾峰と会った。

「いや、お互に年を取りましたな」

ひととおりの挨拶が終ったあとで尾峰が云った。年を気にするだけあって、尾峰の頭髪は真白になっていた。朝日鉱泉で、針を含んだ発言をして、鹿取信介をいためつけた尾峰の姿はそこにはなく、かわりにすこぶる慇懃《いんぎん》丁寧な老会社員がいた。

「二十年前の鳥原山の遭難事件のことはまだ覚えておられるでしょうね」

鹿取は早速話を核心に持っていった。

「覚えていますよ。あれはまことに奇妙な事件でしたね」

尾峰は遠い昔のことを懐しがるような眼つきでいった。

「その奇妙な事件が、別に奇妙ではなかったことについて私は調べて来たのです」

鹿取は用意して来た分厚い原稿を尾峰の前に置いた。

(鳥原山遭難事件についての一考察)

原稿の上書きにはそう書いてあった。

「いったいこれはなんですか、鳥原山の遭難報告は二十年前にちゃんとでています」

「でていますが、あれでは不充分だから、改めてあの事件を、別な眼で解明したのです」

「解明ですって?」

尾峰はびっくりしたような顔で鹿取を見た。鹿取は原稿用紙の頁を繰りながら、鳥原山とニーデルホンの地形上の類似点や、雪崩が発生した当時の気象状態の共通性などを話しだした。

「ちょっと待って下さい」

と話の半ばで、尾峰が鹿取の話をさえぎった。

「要するにあなたは、鳥原山で夏村博士と原口佐平が遭難した原因は雪崩だといいたいんでしょう。そんなことはあの当時から分っていたことじゃあないですか、分っているが、はっきり雪崩だというきめ手がないから奇妙な遭難ということになっているのです」

尾峰は思いもかけないようなことをいって、机の上に置いてある鹿取の原稿をおしもどすようにしながら、

「雪崩が条件次第では傾斜角度十五度でも起こり得るという例はスイスばかりではない日本にだってありますよ、鹿取さん、あなたは人家の屋根から雪が滑りおちるのを御覧になったことがあるでしょう、屋根の角度はせいぜい十度ぐらいのものでしょう」

尾峰は笑った。鹿取の調査を冷笑しているふうには見えなかったが、雪崩に対する鹿取の常識を多分に皮肉な眼を持って見ているようだった。

「だが、あなたは二十年前にはあの遭難が雪崩であるとは云わなかった」

「そうですね、あの時は私も若かった。それにあのときは、ああでもいわないとおさまりがつかなかった」

鹿取はそういう尾峰の顔を睨みつけたまま立っていた。二十年間くすぶりつづけていた、被疑者の怒りの火は燃え上ろうとはしなかった。

「もう、今はあの小屋もない」

と尾峰がいった。

「あの鳥原小屋がないのですか」

尾峰はうなずいた。何度かうなずくと尾峰の額には幾条かの深い皺があった。

鹿取はその日のうちに山仕度をととのえると、上野駅にでかけていった。久しぶりに乗る日本の列車は鹿取の気持を昔にかえらせた。

二十年前に、雪の中を二日がかりで越えた峠はもう歩かないでよかった。彼は奥羽線山形で左沢《あてらざわ》線にのりかえ、宮宿で下車、そこから白滝までバス。バスをおりて一時間歩くと朝日鉱泉だった。

朝日鉱泉は紅葉の中に包まれていた。二軒の旅館は登山客や観光客でかなりの賑いを示していた。

二十年の間に旅館の人も変っていた。遭難事件当時ここにいた人はひとりもいなかった。朝日川の河原に湧く炭酸泉を汲み上げて温めた湯の色だけは昔と同じように黄褐色に濁っていた。

鹿取はゆっくり湯につかって汗を流してから、帳場の方へいった。言葉づかいから近在の人と思われる人がより集って、大きな声で話し合っていた。鹿取はちょっと躊躇《ちゅうちょ》したが思い切って、そのひとりに聞いた。

「二十年前に鳥原山で遭難があったことをどなたか御存知ですか」

さあてなとその男は云って、まわりの顔を見た。

五人のうち二人が、鳥原山に遭難事件があって二人死んだことを知っていた。

「道に迷って死んだんですか」

鹿取はとぼけて聞いた。

「いや、雪崩ですよ、雪崩にやられて死んだとおやじから聞いています」

男はそういった。

「あなたのお父さんはその場所を見たんですか」

「見たどころではない、捜索隊に加わって何度も現場へ行ったそうです。なんでも、その日は、冬にしては妙に暖かい日でしてね、午後になると赤いみぞれが降ったそうですよ、雪崩が起きそうな日だったそうです。みぞれが降るような日に山へ登るなんてことがいけなかったんですな、おやじはそう云っていました」

するとその男の後をつづけてもうひとりの男がいった。

「その雪崩が起きた鳥原山の頂上は、とても雪崩なんか起きそうもないような、平べったい感じのするところなんですがね、そこに起きたんです。雪崩という奴は天気次第でとんでもないところに起きますからね」

雪崩の話になると、そこに居合わせた他の男もいっせいに口を開いた。

「雪崩で死んだのは二人なんですか、助かった人はいませんでしたか」

そこまでとぼけて聞くのは鹿取には苦しいことだった。

「もう一人は鳥原小屋にいたから雪崩には会わなかったそうですよ」

話はそれだけだった。それ以上のことは知らなかった。

鹿取は自分の部屋に帰った。場合によっては、積雪期を利用して、鳥原山頂上で人工雪崩の実験までやろうなどと考えていたことがばからしくなった。土地の人も、あの遭難は雪崩だと信じているのだ。とすると、他人から疑いを持った眼で見られていると考えていたのは、自分自身の思い違いであったのだろうか。鹿取は頭をかかえた。それは過大にすぎる錯誤であった。

鹿取は東京へ帰ると吉村と連絡を取った。千穂と会うためである。二十年前の遭難事件について鹿取に疑いを向けている者は事実上いないと同然である。二十年間の年月が雪崩による遭難という結論を作り上げていた。が、千穂はどうであろうか、鹿取は千穂のほんとうの気持を聞いてみたかった。いつまでも待っているといって別れた千穂が一年もたたない間に結婚してしまった裏には、やはり、鹿取を疑う気持がひそんでいたのではなかろうか。

りたかった。

鹿取は、千穂の前に貴女のお父さんは雪崩で死んだんだという証拠を並べて見せてや

吉村は明後日の午前中には、千穂から直接、鹿取の泊っているホテルへ電話を掛けさせようと約束した。

その朝、鹿取はまだ夜の明けきらないうちに眼が覚めた。ひょっとすると、今日中に千穂に会えるかも知れないと思うと、落着いた気持ではおられなかった。彼は万一のことをおもんぱかって、朝食は自室に取り寄せて食べた。念のため交換台には、部屋にいるから電話があったらつなぐように連絡して置いた。

十時三十五分、鹿取は千穂の声を受話器をとおして聞いた。字に書けば鈴の鳴るような千穂の声は二十年前といささかも違ってはいなかった。鹿取さんの、んを上げる癖まで同じである。

「こちらにお出で下さいますか」

鹿取はそういってからはっとした。相手は御婦人である。おれはどうかしている、鹿取は耳をすませた。

「でも、そちらホテルでしょう」

「失礼しました。では、千穂さんの指定されるところへどこでも伺います」

そうねえ、と千穂はいって、しばらく待たせてから、新宿の、あるフルーツパーラー

の一階を指定した。その店は戦前からそこにあった。その店で、彼は一度だけ千穂と会ったことがある。原口佐平を出し抜いて千穂と会えた時のうれしさは今も忘れることはできなかった。

十三時という約束の時間より三十分前に彼はそのフルーツパーラーの一階へ行った。十三時になっても、千穂は来なかった。十三時半になってから、彼は念のため二階へ千穂を探しにいった。千穂らしき女はいなかった。階段をおりて来て席に坐ろうとすると、隣の席の女が立上った。

「失礼ですが鹿取さんではありませんか」

声はまさしく千穂の声だったが、女は千穂ではなかった。どこをどう探っても、二十年前の千穂の姿はなかった。そこには生活にやつれ果てた、そろそろ婆さんの仲間入りのできそうな女が立っていた。

鹿取は高いところから突きおとされるような感じのまま千穂を見つめていた。なつかしいという感じは起こらなかった。恋しい女にあえてうれしいなどという感じもなかった。むしろ、くやしかった。腹立たしい、裏切られた、泣きたいような気持が彼をゆすぶった。鹿取の心の中の千穂は十九歳であったが、前にいる千穂は四十を迎えた千穂である。違うのが当り前だと思っても、違っている現実が、どうにもならないほどに悲しかった。

「お変りになったのね」

千穂がいった。そして、千穂は、いかにも、期待したものからはずされたように、力なく席に坐ると、

「さっきから、あなたがそこにいらっしゃることは知っていたのよ、でもまさか鹿取さんだとは思っていませんでしたわ、だって、頭が真白におなりになったもの」

千穂はそう云って笑った。

鹿取もにが笑いをした。同じことなのだ。千穂の心の中にあった鹿取信介は二十五歳の鹿取であり、四十五歳の鹿取ではなかったのだ。

「鹿取さん、あなたはだいぶお偉くなられたそうね、長いことヨーロッパにいなさったせいか、なんとなく日本人ばなれして……」

千穂は鹿取の服装の品さだめをやってから、

「うちの美枝子ね、おかげ様でこのごろ、テレビに出演するようになったのよ」

「美枝子さん？」

「そう、ひとり娘の美枝子よ、こうまでするにはたいへんな苦労だったわ」

千穂は娘の美枝子をテレビスターに仕立てるまでの苦心談をはじめたが、途中でそれが娘の自慢話になると、もはや手がつけられなかった。何年何月何日、何時のどのチャンネルのどの番組にどんな役で出た、というふうなことを次から次としゃべりまくるの

である。娘のことだけならいいが、娘と関係あるテレビスターやプロデューサーの名前がひっきりなしに飛び出して来る。ひとりとして鹿取信介の知っている名はなかった、だが、鹿取は二時間半の忍従に耐えた。その間千穂は油紙に火のついたように娘の自慢をつづけていた。

千穂はしゃべりつかれると、ちらっと腕時計を見て、

「あらたいへん、四時半までにスタジオへ行かねばならないのよ、おくれると美枝子に叱られるわ」

千穂は挨拶もそこそこにして、フルーツパーラーをとび出していった。

鹿取は、千穂と彼が飲んだ二はいのフルーツポンチの代金を払って、そのレシートを持って外へ出た。

新宿は雑踏していた。タクシーを拾おうと鵜の目鷹の目で探してもタクシーはつかまらなかった。タクシーをあきらめて、足の向く方へ勝手に歩いていくと、偶然のように前にタクシーが止って、短いスカートを穿いた女がおりた。鹿取はすぐその後に乗りこんで、彼の泊っているホテルの名をいった。座席には今おりたばかりの女の体温が残っていた。彼は坐り場所をかえてから、彼の手にまださっきのフルーツポンチのレシートのあるのに気がついた。

彼はレシートをこれ以上こまかくはできないほどに引きちぎっては煙草の吸殻入れの

中へ捨てた。こまかくちぎった紙片を二つ三つまとめて落すと、それはちょうど舞いながら降る雪片に似て見えた。

「赤いみぞれが雪崩を呼んだ」

鹿取はひとりごとをいった。

「なにかおっしゃいましたか」

運転手が云った。

「雪崩がなにもかも奪ってしまったのだ」

運転手はふりかえって鹿取の顔を見ると、なにものかをおそれるように急にスピードを上げた。

解説

角幡唯介

この本を読みながら私は、七年前に雪崩に埋没した時のことを思い出していた。

二〇〇六年三月、私は大学の後輩と二人で北アルプスの黒部峡谷をスキーで横断していた。長野県側から後立山連峰の針ノ木岳を登って反対側の谷を下り、雪に覆われた黒部湖を渡り、立山連峰のザラ峠を越えて、富山県側の湯川谷に滑り降りるという計画である。初日は天気が良く、針ノ木岳を越えたところでツェルトを張って幕営した。二日目も好天は続き、黒部湖を渡る時には空は突き抜けるように青かった。ところが、ザラ峠に登る頃から上空にどんよりとした雲が広がりはじめた。悪天が近づきはじめたので、我々は何とかその日のうちに下山しようと日が暮れてからも行動を続けたが、しかし真っ暗になった時点で、さすがにこれ以上は無理だと判断し、適当な斜面に雪洞を掘って泊まることにした。

雪崩が起きたのはその夜のことだった。寝袋の中ですやすやと眠っていると、突然猛烈に重い何かがドスンと身体の上に落ちてきて、その衝撃で目を覚ました。それと同時にドドドドッ……という音が耳の中に入ってきて、即座に斜面の上部で雪崩が発生して雪洞がつぶされたことが分かった。私は過去に一度、日光で山スキー中に雪崩に埋まったことがあり、完全に身体が埋没するとそのうち息をすることができなくなることを経験的に知っていた。そのため反射的に手足を動かして、口のまわりの雪をどかして呼吸を確保しようとした。ところが上から重たい雪が絶え間なく積み重なるせいで、私の動きは完全に封印されてしまい、右手で口のまわりの雪を少しどかすことができたのと同時に、もう指先一本動かすことができなくなってしまった。

身体の上に堆積する雪の量はみるみる増しているらしく、つい先ほどまで聞こえていたドドドドッ……という雪のブロックが滑り落ちていく音も、すぐに聞こえなくなった。そして完璧な暗闇と静寂に取り囲まれた。恐怖にかられた私は意味もなく言葉にもならない声を上げて絶叫したが、叫び声をあげた瞬間に口のまわりの酸素が一気に消費されて急速に息苦しくなり、すぐ叫ぶのを止めた。それからというもの、私はただ黙って雪の下で死ぬのを待っていた。状況的にはどう都合よく考えても死ぬのは避けられなかった。狭い雪洞で二人が並んで寝ているところに、もの凄く重たい雪のブロックが落ちてきたわけだから、隣の後輩も埋まっているに決まっている。私たちはこの立山の、死に場所としてはたいしてドラマチックでもない地味な谷底の一角で、人生最期の時を迎えようとしていた。

しかし死ぬことが決まったとはいえ、自分が死ぬことに納得できたわけではなかった。私は肉体的にも精神的にも物凄く健康体で、やろうと思えば腕立て伏せの百回ぐらいはまだまだできるはずだった。意識も明瞭だったし、多少冷静さを失っている点をのぞけば、思考的にも十分論理的に物事を考えられる状態にあった。それなのに状況的には雪の下に埋まっており、次第に息苦しさは増していき、死はもはや避けられそうもなかった。私は自分の身体と状況との間に横たわるこの溝というか矛盾を完全に受け入れることができず、本当に俺は死ぬのか？　何かの間違いではないのか？　との疑いを完全に払拭することができないまま、ただ時間だけが死に向かって突き進んでおり、私の意識はそこから取り残されていた。

何の根拠もない話だが、その時まで私は、人間誰しも最期を迎える時ぐらいは、それまでの人生に対して完璧な総括をして、すべてを納得して死ねるものだと思っていた。そういう偉大な瞬間が訪れるものだと漠然と信じ込んでいたのである。ところが実際のところ、この時の私にはそのような偉大な総括の瞬間というのは訪れなかった。自分の人生に、俺はこれをやったのだと納得できることは何もなかったし、逆にやり残したことは無数にあって、それをやるだけの意志と能力と時間も自分には十分あると信じているような、そんな人生の建設途上にいたのである。これから先も続くと信じていた時間と意識が不意に分断されることに私は混乱した。そこに不条理なものを感じて叫び出したい衝動にかられたが、また息苦しくなるのでそれもできず、必死に体を動かそうとするが指先一本微動だにせず、ひたすら無音無動でしばらくもがき苦しんだが、最終的にはその圧倒的な物理的な力の前にもはやどうすることもできないことを悟り、強制的に死を受容させられたのである。

それから七、八分ほどだと思うが、私は死を前にした人間とは思えないほどどうでもいいことを考えながら、大人しく自分が死ぬのを待っていた。そして生きることを観念した頃、雪の向こうから、おかしな幻聴のような声が聞こえてきた。その声はどこか聞いたことがあるような声色で、カクハタさん、カクハタさん……と私のことを呼んでいた。だがそれは幻聴ではなかった。なんと一緒に隣で埋まっているはずの後輩の声だった。彼の独特の少し甲高い声が、ザク、ザクとスコップで雪を掘りだす音とともに聞こえてきたのだった。

『冬山の掟』を読んで私が雪崩のことを思い出したのは、それが非常につまらないことが原因で起きた出来事だったからだ。

あの時、私たちは二日目に危険な斜面に雪洞を掘り、結果的にそこで雪崩に遭った。今から考えると明るいうちに安全な場所を選んでそこに泊まっていれば、翌日安全に下山することができたはずだ。というよりも燃料と食料は予備の分が十分に残っていたし、町まではまだ距離が結構あったわけだから、逆にそうするほうが普通だったとさえいえる。それなのに何故焦って下山を急いだかというと、どうしても早く町に下りて焼肉を食べたいと私が言い張ったからだった。そんなどうでもいい欲望を優先させたせいで、我々は危うく死にそうな目に遭ったのだ。

それと同じようにこの短編集の中で描かれた多くの遭難もまた――私のケースよりはマシかもしれないが――下らないことが理由で起きたものばかりだ。ほとんどの物語で男女関係における変な意識や嫉妬、あるいは男の下らないプライドが山での判断を狂わせて、そして遭難に至っている。

私がここで下らないと書いたのは、山こそ崇高であり、下界の痴話じみた男女関係や雑事など山に比べると格段に劣る、という意味からではない。あくまでこれらの物語は山を舞台にしているわけだから、登山的価値観からみた場合、下界の雑事を持ち込んで遭難するというのは真剣に山と向かい合うことができていない証拠なので、それにより遭難するのは登山としては下らないという意味である。

登山というのは判断を繰り返すゲームである。気象によってルート状況は刻一刻と変化するし、天気次第では行動できないことも珍しくない。そのため常に自分のおかれた状態を的確に把握し、それを勘案しながら続行すべきかどうか判断しなければならない。例えば冬山に登りにきたが、悪天候が続いたため三日間の停滞を余儀なくされたとする。

その場合、計画よりも大幅に遅れているので下山するという選択肢もあるだろうが、一方で天気図を見ると明日から一日半ほど天気が回復する可能性があるので、もう一日待って登頂を試みるという判断もあるだろう。あるいは雪崩が起きかねない、少しいやらしい雪質の斜面が現れたとする。教科書通りに考えるならザイルを出して安全を確保すべきであるが、場合によっては日暮れが近づき、急がないと安全なキャンプサイトまで到着できない可能性もある。その時はスピードを優先して、確保せずに斜面を登るという判断もあるだろう。

登山者はこういう細かな判断を繰り返しながら山に登っているわけだが、遭難する場合はこうした判断の際に細かなミスが重なり、次第に状況が悪くなって起きてしまうケースが多い。判断するといっても人間の思考はそこまで万能ではない。状況に流されやすいし、実際の現場だと、例えばロープを出すのは時間がかかって面倒くさいので、何とかなるだろうという楽観的な判断が勝ってそのまま登るなどということが実は頻繁に起きる。そして大丈夫だろう、何とかなるだろうと判断して行動を続けているうちに、いつの間にか一線を越えて、もう大丈夫じゃない状態に陥っていたというのが遭難する時の典型的なパターンなのだ。

そしてその判断ミスを引き起こす大きな要因のひとつが下界での雑事である。私のケースだと焼肉を食いたいという、どう考えても命とつりあわないその場限りの食欲に目が曇り、安全な場所に雪洞を掘ることなく行動を続け、気がついた時には日が暮れて真っ暗になり、周囲の安全も確認できないような状況の中で危険な場所に雪洞を掘らざるを得ない状況に陥っていた。同様に本書の中の一篇である「遭難者」を例にとると、救助された男は天候が悪化して周囲が霧に覆われ出したにもかかわらず、女に格好いいところを見せたいがために人の少ない南斜面を滑り続けて遭難している。山の中で人は実に下らない理由で遭難したり、死んでしまったりするのである。

しかし見方を変えれば、そういう下らないミスを犯すのが人間なのだ、ということがいえなくもない。これまで述べたように山では露骨に登る者の人間性が試される。体力や精神力や知識や経験だけでなく、楽観的か悲観的か、楽をしようとする性格か正攻法でじっくり攻めるタイプか、集中力があるかないかなど、要するに人間としての全部が試され、そうした人間としての総体が山を登る時の判断にそのまま現れてくる。しかし多くの人間は完璧ではないし、完璧な判断を下して状況に対応できているわけではない。おそらく山に登らない人は、登山には命がかかっているのだから、どんな状況にも慎重に対応し、安全を最大限に優先して、少しでも危険があると判断したら無理はしないのだろうと思っているのかもしれないが、必ずしもそんなことはない。後から聞くとびっくりするようなのんきな理由で、一か八かみたいな危険な場所に留まって遭難する人間はいくらでもいる。しかし彼らは死のうと思って死んだわけではなく、その時の状況ではそういう判断しか下せなかっただけなのだ。その判断を下した時、自分たちはまだ大丈夫だと思っていたのである。

そしてその判断の中に、下界での男女関係の変な意識だとか、男の面子などといった愚にもつかないものが入り込んでくるのが、人間の悲しい性なのかもしれない。下らないことを考えているうちに天候が予期せぬ勢いで悪化し、気がついたら引き返すことのできない一線を越え、死の領域に足を踏み入れている。そこに遭難の怖ろしさはあるし、人間の弱さだとか脆さだとかはかなさなどが現れて、何ともいえない気持ちにさせられる。その意味でこの短編集は人間の本質を深くえぐった作品であるように思えてならなかった。

（ノンフィクション作家・探検家）

本書は昭和五十三年七月に刊行された文春文庫の新装版です

ＤＴＰ制作　ジェイエスキューブ

この作品の中に、現在では差別的表現とされる箇所があります。しかし、著者の意図は決して差別を容認、助長するものではありませんでした。また、作品の時代的背景及び著者がすでに故人であるという事情にも鑑み、あえて発表時のままの表記といたしました。

（編集部）

文春文庫

冬《ふゆ》山《やま》の掟《おきて》

定価はカバーに
表示してあります

2014年1月10日　新装版第1刷
2024年10月25日　　　　第5刷

著　者　新《にっ》田《た》次《じ》郎《ろう》
発行者　大沼貴之
発行所　株式会社　文藝春秋

東京都千代田区紀尾井町 3-23　〒102-8008
TEL 03・3265・1211㈹
文藝春秋ホームページ　https://www.bunshun.co.jp

落丁、乱丁本は、お手数ですが小社製作部宛お送り下さい。送料小社負担でお取替致します。

印刷製本・TOPPANクロレ

Printed in Japan
ISBN978-4-16-711242-4